SOUS LE
CIEL D'ORIENT

LA VIOLETTE

COECILIA BERTHAM

G. GOUNOUILHOU
IMPRIMEUR-ÉDITEUR

BORDEAUX
8, RUE DE CHEVERUS, 8
Et rue Ste-Catherine, 65

PARIS
AGENCE DE LA "GIRONDE"
Rue de Richelieu, 101

1890

SOUS LE CIEL D'ORIENT

LA VIOLETTE

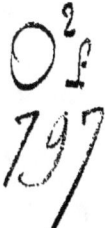

SALMÉ MARITZA

Agée de 15 ans

SOUS LE CIEL D'ORIENT

LA VIOLETTE

CŒCILIA BERTHAM

G. GOUNOUILHOU

IMPRIMEUR-ÉDITEUR

BORDEAUX	PARIS
8, RUE DE CHEVERUS, 8	AGENCE DE " LA GIRONDE "
Et rue Ste-Catherine, 65	Rue de Richelieu, 101

1890

JÉRUSALEM.

PRÉFACE

En présentant ce petit livre, mon intention est de mettre simplement sous les yeux du Lecteur la correspondance d'une jeune étrangère ayant des attaches de famille à Bordeaux, sur ses impressions de voyage en Orient. Les détails sortis de sa plume encore novice, et dus à une imagination de quinze ans, sont écrits dans cette élégante langue française qui fait si bien ressortir tout ce qu'elle exprime.

Je réclame toute son indulgence pour ma jeune élève, en le priant de tenir compte des qualités solides dont Salmé fait preuve aujourd'hui, et qui ne feront certainement que grandir avec le temps. Les descriptions qu'elle donne sont la fidèle reproduction des spectacles qui ont frappé ses yeux ; et, pour être plein de couleur et d'observations toujours justes, son récit n'en est pas moins simple, varié et rapide.

Peut-être trouvera-t-on que le style est parfois chargé d'épithètes un peu fortes ; mais ce léger défaut ne doit être attribué qu'à la nationalité de mon élève ; et j'ai la certitude, malgré tout, que ce petit travail obtiendra l'approbation du public, tant à cause du jugement droit dont elle fait preuve que des sentiments élevés qui se rencontrent dans sa correspondance.

Puisse le Lecteur trouver dans ces quelques feuillets tout le charme que j'y ai trouvé moi-même.

Cœcilia BERTHAM.

Bordeaux, le 25 juillet 1890.

CONSTANTINOPLE.

SOUS LE CIEL D'ORIENT

I

Jérusalem, *mercredi 18 avril.*

Bien chère Cécile,

Enfin! mon beau rêve s'est réalisé : j'ai fait un voyage! Où donc? me direz-vous. Tous les pays du monde sont intéressants si l'on veut se donner la peine d'en rechercher les beautés. Mais, lorsque notre choix se fut arrêté sur l'Orient, je sautai de joie : j'étais plus heureuse qu'une reine!

Si vous voulez, chère amie, m'accorder quelques instants d'attention, je vous initierai de mon mieux aux diverses·péripéties de cet inoubliable voyage.

J'avais quatorze ans! Lorsque je serai vieille, bien vieille! et que ces pages tomberont sous mes yeux, je revivrai par la pensée ces heures délicieuses de mon jeune âge, et je me reporterai à ce temps trop tôt évanoui, hélas! où, ignorant les soucis, je ne voyais dans l'existence que plaisirs et enchantements. Qu'il est bon d'être jeune, d'avoir tout ce qu'il faut pour être heureuse, et de goûter à toutes les jouissances de la vie! Et elle fut bien joyeuse, la mienne, entourée que j'étais de tous ceux que j'aimais, et vivant dans un pays si riche en souvenirs!... Mais, je commence.

C'était le jeudi 6 avril 1888, à quatre heures du soir, que notre bateau, la *Vénus*, devait prendre la mer. J'avais quitté mes amies et l'école, je dois le dire, avec assez peu de chagrin : ne devais-je pas, en effet, les retrouver six semaines plus tard? Et puis, ces vacances

promettaient d'être si agréables, que je ne
regrettais rien, absolument rien; si, pourtant,
je regrettais de laisser derrière moi mon excel-
lent père. Mais bah! après tout, notre séparation
serait de si courte durée! Nous ne faisions,
en définitive, qu'un voyage d'agrément, et nous
serions si tôt de retour!

EN MER.

Le navire se mit en marche; il faisait un
temps splendide; et c'est par un ravissant
coucher de soleil que j'adressai un dernier
adieu à ma chère ville natale. Le spectacle
qui s'offrait à moi était si beau, si gran-

diose, que je garderai un éternel souvenir du
splendide panorama qui se déroulait sous mes
yeux.

La *Vénus* avançait toujours, et bientôt Constantinople ne fut plus qu'un imperceptible point
perdu dans l'espace. Maintenant, le tableau
changeait d'aspect : nous étions dans la mer de
Marmara, et la côte semblait fuir à nos regards.

La nuit se faisait peu à peu. Tout émus par
le calme éloquent de cette poétique nature, nous
demeurâmes longtemps sur le pont, appuyés
sur les bastingages et humant l'air frais et pur
de cette belle soirée de printemps.

Le lendemain matin, nous traversions le
détroit des Dardanelles, et à dix heures nous
nous trouvions en face de Gallipoli. Vivement
intéressés, nous observions le va-et-vient des
barques, et assistions au transbordement des
marchandises.

Gallipoli n'offre rien de particulier à citer, surtout vue de la distance où nous l'apercevions.

A deux heures, nous nous remîmes en route

pour Ténédos, petite île placée comme à l'avant-
garde de l'Archipel. Le temps était magnifique;
la mer ressemblait à un immense lac d'huile, et
pas une ride ne venait troubler sa surface unie.

A vrai dire, il n'y a rien de remarquable
non plus à noter sur Ténédos. De loin, son
aspect repose agréablement la vue : de blanches maisons contournent une jolie baie, et
les collines voisines sont couvertes d'oliviers :
c'est là tout.

Après avoir déchargé les marchandises et
assisté au débarquement d'un de nos compagnons de voyage et de deux chevaux — ce qui
ne manquait pas d'un certain intérêt et était
pour nous un incident fort pittoresque de la
traversée, — le bateau reprit sa route, toujours
dans la direction du Sud.

Le jour commençait à décliner quand nous
accostâmes à Mételin. Quel spectacle féerique
que celui de cette île perdue dans une demi-
obscurité! Figurez-vous un port regorgeant de
bateaux à voiles, de coquettes maisons encadrant

le golfe en forme d'éventail, et, éclairant ce
tableau enchanteur, la lune qui se levait en ce
moment se reflétait dans la mer : voilà Métélin.

Je ne puis dire à quelle heure nous en sommes
repartis, car je dormais; tout ce que je sais, c'est
que le matin, à mon réveil, nous nous trouvions

VUE DE SMYRNE.

à Smyrne, à toucher le quai. Nous avons un
certain nombre de parents qui habitent cette
ville; plusieurs d'entre eux étaient venus au-
devant de nous.

La journée se passa à faire des visites dont

je vous ferai grâce, si vous le voulez bien. Smyrne est une fort jolie ville, avec un grand port, des rues assez étroites, de fort belles maisons, d'aimables et gais habitants.

Le soir, à quatre heures, il fallut la quitter, et nous prîmes congé de nos parents et de nos compagnons de route qui restaient à Smyrne.

A partir de ce moment, nous fûmes presque seuls passagers. Le capitaine, homme d'un certain âge, était des plus avenants; mais, à notre grand regret, il ne parlait que l'italien; cependant, avec un peu de bonne volonté de part et d'autre, nous parvenions à nous comprendre.

Dans la nuit, on toucha à Chio, pour débarquer des marchandises; mais je ne l'appris que dans la matinée du jour suivant.

Je n'ai rien à dire d'un pays que je n'ai pas vu; mais, en quittant ces parages, je me reportai à mes souvenirs classiques, et il me revint en mémoire que cette contrée était une de celles qui s'étaient disputé l'honneur d'avoir donné le jour à Homère.

Le matin, le voyage devenait très intéressant :
nous passions successivement en vue de Samos
et de toutes ces îles dont les noms célèbres
avaient si souvent hanté mon cerveau.

A dix heures, nous étions à Lesbos. De loin,
nous nous représentions l'atroce existence de
la colonie de lépreux, isolée dans ce coin de
terre et séparée du reste du monde. Il ne faut
pas croire cependant que ce soient là les seuls
habitants de cette île déshéritée; non, car elle
a trouvé le moyen de réunir pas mal de bandits
dans son enceinte hospitalière.

A notre grande stupéfaction, nous vîmes
justement embarquer sur notre bateau vingt-
cinq condamnés que l'on conduisait à l'île de
Rhodes : chacun d'eux avait un soldat turc
attaché à sa personne. C'était assez curieux
en vérité, mais en même temps fort triste à
voir, que ces misérables montagnards chargés
de très lourdes chaînes et causant avec leurs
gardiens, tout en fumant consciencieusement des
cigarettes; tantôt ils se promenaient sur le pont,

et le lugubre cliquetis de leurs chaînes nous faisait froid dans le dos; d'autres fois, accroupis à l'avant du navire, ils jouaient aux cartes et chantaient des chœurs : bref, ils paraissaient insouciants de leur sort, ou peut-être faisaient-ils contre fortune bon cœur; ils semblaient se rire de leurs misères.

L'air conservait sa température douce et des plus agréables; pas la moindre secousse à bord, la mer était d'un calme parfait. Durant la nuit, ma mère me réveilla pour me montrer Rhodes. J'aurais voulu admirer cette île si célèbre dans l'histoire de l'Église; voir les décombres des couvents qui appartenaient autrefois aux chevaliers de Saint-Jean, ainsi que l'emplacement du IVe ouvrage des sept merveilles du monde, le colosse d'Apollon; mais rien de tout cela n'était visible pour nous; on n'apercevait au loin qu'une foule de petites lumières qui, seules, perçaient la nuit noire.

Une odeur délicieuse de fleurs d'orangers embaumait l'atmosphère et faisait rêver à ces

rivages enchantés épanouis sous le beau ciel de
l'Orient, à ces merveilleux jardins dont les mille
parfums se glissaient dans la demeure des bienheureux habitants de cette île privilégiée. Mais
qui sait, après tout, si ces mortels sont heureux?
Là, comme ailleurs, ne s'en trouve-t-il pas de
courbés sous le poids du malheur? N'en avions-
nous pas un exemple frappant sous les yeux?
Certes, les vingt-cinq criminels que la *Vénus*
allait déposer à Rhodes ne songeaient nullement
à admirer ce riant climat. Pauvres gens! en
dépit de leur figure gaie et de leur air joyeux,
il était impossible qu'intérieurement ils fussent
contents, car leur avenir était à tout jamais brisé!

C'est la pitié qui parle ici; car si je n'écoutais
que la raison, elle me dirait : « Ils ont fait du
mal, ce sont des voleurs et des assassins; il est
de toute justice qu'ils soient punis. » Puisse leur
sort cependant n'être pas trop malheureux!

Jusque-là, nous avions toujours eu la côte
en vue... Peu après avoir quitté Rhodes, nous
n'avions plus devant nous que la vaste étendue

des eaux se confondant à l'horizon avec le ciel.
Il était étrange pour moi de me trouver en face
de l'immensité, mais, malgré notre éloignement
du rivage, la mer azurée conservait toujours son
calme majestueux.

Le soleil se leva et se coucha sans que nous
puissions apercevoir la terre. Le lendemain
matin seulement nous voyions une ligne à peine
indiquée par une teinte plus foncée : c'était la
côte d'Afrique !

Je vous laisse pour aujourd'hui, chère Cécile,
en vous disant à bientôt ; et puisque vous m'avez
dit que le récit de mes petites pérégrinations
serait de quelque intérêt pour vous, vous pouvez
compter toujours sur la plume de

Votre petite amie,

SALMÉ.

ALEXANDRIE.

II

Ma chère Cécile,

Le 11 avril 1888, à dix heures du matin, nous débarquions à Alexandrie; pour la première fois nous foulions le sol africain. Avant de dépasser le phare, nous avions dû attendre le pilote, qui était venu prendre notre vapeur pour le conduire dans le port. Quelle sensation délicieuse nous avons éprouvée en voyant de hauts palmiers se détacher gracieusement sur l'azur estompé du ciel! C'était si joli, si inaccoutumé pour nous!

Nous avions pris la précaution d'annoncer à l'avance notre arrivée à des amis habitant Alexandrie, et ce fut avec une amabilité qui ne

se démentit pas un seul instant, qu'ils nous
firent visiter jusqu'aux moindres curiosités de
cette ville, restée surtout célèbre par sa biblio-
thèque incendiée jadis par ordre du calife Omar;
puis nous vîmes la colonne de Pompée avec son
large chapiteau, et l'emplacement de l'ancienne
ville, qu'indiquent seules aujourd'hui des restes
épars, et où se dressaient alors quelques rares
tentes de nomades.

La grande cité qui existe actuellement en ce
point a tout à fait l'aspect européen : les habitants indigènes y ont un costume étrange; les
femmes, consciencieusement voilées, portent de
grandes chemises bleu foncé, et elles ont sur
le front une plaque dorée entourée d'anneaux
plus ou moins brillants, suivant leur situation
de fortune.

Très curieux à étudier sont ces différents types
venus de toutes les parties du monde : on voit
là des représentants des races les plus diverses,
depuis la couleur blanche éclatante jusqu'au
noir d'ébène, en passant progressivement par

toutes les phases du rouge, du brun, du chocolat
et du bronze. Et quelle population mêlée! quel
bizarre assemblage! C'est une réédition de la
tour de Babel! Toutes les langues s'y parlent :
ce sont des cris de toute sorte, un tapage
de tous les instants. De quelque côté que l'on
se tourne, on ne rencontre que mendiants
et... voleurs.

Mais ce qu'il y a d'affreux et d'insupportable
c'est le supplice qu'on vous fait endurer pour
vous conduire du navire au quai : on est bous-
culé, entraîné; on vous montre des numéros,
des certificats; les bateliers se battent entre
eux; que sais-je encore? Dans tous les cas,
impossible de s'y reconnaître! Et l'on est litté-
ralement ahuri par tout ce vacarme.

Nous avions deux jours devant nous : il fallait
les utiliser. Nous en profitâmes pour aller visiter
le jardin d'un riche habitant grec, qui offre
gracieusement aux touristes l'entrée de sa propriété. Outre la vue de fleurs magnifiques et
de bosquets délicieux, on a l'inappréciable agré-

ment de pouvoir librement circuler dans des
catacombes fort curieuses, dont l'ouverture se
trouve située sur une colline d'où l'on peut
admirer la fertile vallée des bouches du Nil.

Après avoir joui un instant de ce splendide
coup d'œil, nous franchissons une porte s'ou-
vrant sur un escalier noir et raidé plongé dans
une obscurité profonde, que seule parvient à
percer la lueur de la torche de notre guide.
Une cinquantaine de marches conduisent dans
une grande pièce dont la partie basse est au-
dessous de l'eau.

Ces catacombes sont étranges : dans l'épaisseur
des murs, à droite et à gauche, s'enfoncent des
niches où l'on plaçait jadis les sarcophages. Au
milieu, se dresse l'autel, sur lequel est sculpté
un serpent enroulé sur lui-même et se mordant
la queue : c'est l'emblème de l'éternité! Dans
ces sombres repaires se célébraient autrefois les
cérémonies chrétiennes, qui demeuraient ainsi
cachées au reste du monde, semblables en cela
à celles de Rome à l'époque des persécutions.

Une petite barque nous conduisit auprès de murailles couvertes de capillaires fines et délicates : j'ai eu l'heureuse pensée d'en cueillir quelques-unes afin d'emporter un souvenir de ces curieux parages. Puis, notre exploration terminée, nous remontâmes à la lumière, et c'est avec une véritable satisfaction que nous nous mîmes à respirer à pleins poumons.

Ce merveilleux jardin donne sur un joli boulevard situé au bord d'un des bras du Nil, et au delà duquel se voyaient des habitations de fellahs : ce sont de petites maisons bâties en terre et recouvertes de broussailles ; de gracieux palmiers, munis de longs panaches, les préservent contre les chauds rayons d'un soleil rigoureux.

Nous dûmes quitter l'Égypte avec l'immense regret de n'avoir pu admirer ni le Caire ni les Pyramides ; mais ce n'est, espérons-le, que partie remise, car nous reviendrons sûrement dans ce pays un jour ou l'autre.

Bientôt nous remontions sur la *Vénus*, qui

avait pris un certain nombre de passagers, et douze heures après nous étions à Port-Saïd.

Le temps n'était plus aussi beau que les premiers jours de notre voyage; maintenant, la mer était déchaînée, et la tempête nous obligeait à nous confiner dans nos cabines, avant même que nous eussions dépassé le phare... Ah! la danse fut vive, vous pouvez m'en croire, et cela dura jusqu'au lendemain matin. Au jour, nous pûmes nous mettre à l'abri, dans l'entrée du canal de Suez.

Ce jour-là, nous ne descendîmes pas à terre. Dans la soirée, le capitaine reçut de Jaffa un télégramme lui apprenant qu'il y régnait une telle tempête que le débarquement serait de toute impossibilité. Il fallut donc attendre vingt-quatre heures, car notre capitaine tenait à faire escale à Jaffa, ayant quelques passagers et surtout des marchandises à débarquer sur ce point de la côte.

Force étant de nous résigner, nous utilisâmes notre temps de notre mieux, et nous fîmes une

petite excursion sur les bords du canal; après
quoi nous assistâmes à une grande cérémonie
grecque : il s'agissait de la pose de la première
dierre d'une église à construire en ces parages.

CANAL DE SUEZ (PORT-SAÏD).

Dans la nuit, vers deux heures, la *Vénus* se
remit en marche, et, à notre grand désappoin-
tement, la sarabande recommença de plus belle
dès que nous eûmes repris le large.

Le jour suivant, le temps n'était rien moins

que beau. Par bonheur, n'étant pas accessible
au mal de mer, je pouvais plus aisément prendre patience; aussi, pour tuer le temps, liai-je
conversation avec les infortunées victimes de
cet affreux malaise, qui étaient tristement éten-
dues sur les banquettes, ne bougeant pas, ne
mangeant pas et appelant de tous leurs vœux
le retour du beau temps.

A neuf heures, nous pûmes apercevoir au loin
la côte de la Palestine, ce qui combla de joie
tous les passagers, surtout les malades.

Enfin, à dix heures, nous étions devant Jaffa.
La mer était encore très grosse, et le bateau
s'inclinait sur sa quille d'une façon vraiment
désespérante.

Il nous était cependant donné de contempler
cette ville tout à notre aise, car nous dûmes
patienter longtemps : en effet, le capitaine avait
beau faire gémir la sirène à tout instant, pas
un canot ne répondait à son appel. La tempête
faisait peur aux plus courageux.

Pourtant, après trois quarts d'heure d'attente,

le canot de la santé se hasarda à nous accoster,
suivi immédiatement de deux autres embarca-
tions qui venaient prendre ceux de nos passagers
parvenus à destination. Ce fut un spectacle bien
émouvant que celui de ce débarquement, et
intérieurement nous plaignions de tout notre
cœur ces malheureux que l'on jetait pêle-mêle
dans les barques... Voici comment on procé-
dait : un Arabe prenait le premier passager venu
dans ses bras et attendait au haut de l'échelle
qu'une vague vînt mettre le canot à sa hauteur ;
puis, rapide comme la pensée, il déposait son
fardeau dans les bras du batelier qui se tenait
debout dans la barque, et ainsi de suite pour
tous les voyageurs qui allaient à terre.

Au bout d'un quart d'heure, les deux em-
barcations se trouvaient pleines de monde ; et
c'était un bien affligeant spectacle que celui des
passagères évanouies, des hommes malades et
des pauvres enfants décomposés par la terreur !

Et, comme pour redoubler l'effroi de nos
malheureux compagnons, nous vîmes une troi-

sième barque se jeter sur des rochers et se
briser sous nos yeux, au moment même où elle
se disposait à venir dans notre direction.

Peu après, nous recevions de nos amis un
petit billet nous recommandant de prendre
patience et nous informant que, dès que le
temps se calmerait, ils viendraient eux-mêmes
nous chercher.

C'est ainsi que, vers deux heures, une barque
s'approcha. De suite j'avertis ma pauvre mère
qui se morfondait dans sa cabine, et, sans plus
attendre, nous nous préparâmes à descendre à
terre.

En toute hâte nous prîmes congé du comman-
dant et des officiers, qui s'étaient sans cesse
montrés fort aimables pour nous. Nous étions
décidés à gagner le rivage coûte que coûte,
aimant mieux courir les risques d'un bain forcé
plutôt que de continuer notre voyage et d'aller
en mer jusqu'à Beyrouth.

Notre tour était venu de débarquer. Je dus
attendre en l'air le moment propice pour poser

le pied dans la petite barque; mais je n'étais pas le moins du monde effrayée, et j'étais même ravie d'avoir passé par cette épreuve et d'avoir pu faire connaissance avec de semblables émotions. Je m'aguerrissais.

VILLE DE JAFFA.

Nous quittâmes le navire et nous dirigeâmes vers le port. Les vagues étaient aussi hautes que des maisons, et lorsque notre léger esquif disparaissait entre deux lames, nous cessions pendant un moment d'apercevoir jusqu'aux mâts de la *Vénus*. Tantôt projetée au sommet des vagues, tantôt plongée dans un gouffre profond entouré de montagnes d'eau, notre embarcation réussit enfin à se réfugier dans le petit port! Après bien des péripéties, nous étions parvenus au terme de nos misères, et, Dieu merci! nous descendions à Jaffa!

Dès que nous fûmes sur la terre ferme, notre premier soin fut de monter dans une voiture et de nous faire conduire devant de splendides jardins, remarquables surtout par leurs plantations d'orangers, de citronniers, de palmiers et de bananiers.

Peu après, nous nous installions dans un hôtel très propre et très coquet.

Nous avons passé à Jaffa près de trois jours pendant lesquels nous avons fait les plus agréables promenades qu'il soit possible d'imaginer: nous remarquâmes tout spécialement aux environs une fort curieuse montagne sur laquelle, paraît-il, s'élevait, au temps des Phéniciens, un temple consacré à Jupiter: on y trouve encore des restes de mosaïques et de petits débris de verre de couleur.

Nous avons rapporté de cette excursion quelques pierres aux teintes des plus bizarres qui se trouvaient accolées deux par deux; mais ce fut ma mère qui fit la plus curieuse trouvaille : elle avait mis la main sur une petite bague phénicienne ayant la forme d'un cachet. Ah! si ce petit anneau avait pu parler, que de choses intéressantes n'eût-il pas eu à nous raconter!

Nous passâmes ainsi de délicieuses heures dans ce séjour enchanteur de Jaffa, pendant lesquelles nous ne cessâmes d'admirer cette luxuriante végétation qui nous séduisait à un si haut point.

Le soleil levant de la journée suivante nous trouva sur la route de Jérusalem : nous nous acheminions vers la ville sainte. Le temps était un peu couvert; nous nous en félicitions, car les nuages qui couraient au ciel voilaient les rayons trop ardents de l'astre du jour.

Le premier village que nous rencontrâmes fut

celui de Ramleh : c'est là que se dresse la tour des Quarante-Martyrs. Nous poursuivîmes notre chemin jusqu'au pied des montagnes de Judée. A une gorge appelée Babel-Ouad, nous fîmes une courte halte, afin de donner un peu de repos à nos chevaux, qui marchaient depuis cinq heures.

Bientôt après, nous nous remettions en route. La montée devint de plus en plus raide, ce qui n'avait rien d'étonnant, car nous nous trouvions en plein pays de montagnes. Les verdoyantes prairies et les beaux champs de blé avaient fait place à des broussailles incultes et à quelques oliviers rachitiques.

A un des tournants de la route, nous pûmes apercevoir encore, se confondant avec l'horizon, cette fertile plaine bordée de sables dorés que viennent mouiller les flots bleus de la Méditerranée. Désormais nous la quittions, et ce devait être pour longtemps.

Nous franchîmes successivement plusieurs collines, et vers quatre heures de l'après-midi nous étions à Jérusalem.

Aurez-vous eu la patience de me suivre jusqu'au bout, ma bien chère Cécile? Peut-être est-ce une prétention outrée de ma part? Mais je vous le dis en toute sincérité, j'ai une entière confiance en vous, et je veux espérer que vous éprouverez quelque plaisir à me lire.

En attendant l'époque de mon retour, présentez mes souvenirs à toutes nos amies, et croyez toujours à la bien vive affection de

Votre

SALMÉ.

SAINT-SÉPULCRE.

III

MA CHÈRE CÉCILE,

Jérusalem ! Que de touchants souvenirs n'évoque pas le nom de la sainte cité des Hébreux ! C'est elle qui a suivi les diverses évolutions du monde chrétien, elle qui fut le théâtre d'une sublime tragédie : la passion de Jésus-Christ ! Souvent conquise, elle a fini par tomber définitivement aux mains des infidèles.

Quelle histoire héroïque ! quel passé glorieux ! Aussi est-ce avec un sentiment d'indéfinissable mélancolie que je mis le pied dans ses murs ! Les événements dont elle fut jadis le témoin me revenaient en foule à la mémoire, et je la

suivais à travers les âges, depuis le règne des
rois de Juda jusqu'à l'ère de la chrétienté.

Quel changement aujourd'hui ! quelle désillu-
sion ! quel désenchantement pour ceux qui croient
retrouver les traces de ce glorieux passé ! Fort
heureusement, je connaissais la décadence de
cette grande cité orientale. Je savais d'avance
ce qui m'y attendait, et je me promis bien vite
d'oublier les merveilles du temps jadis, pour
ne m'occuper que des curiosités de l'époque
actuelle.

L'entrée principale de la ville est celle de la
porte de Jaffa ; c'est là que s'arrêtent les voitures : aucune en effet ne pénètre dans l'intérieur
de la ville sainte, à cause des rues étroites et
du terrain trop accidenté.

C'est bien la véritable ville d'Orient, avec ses
rues couvertes de voûtes en forme d'ogives,
ses maisons munies de rares fenêtres du côté
de la rue, et ses nombreuses coupoles. Tout
le long s'étendent d'étroites et sombres boutiques, assez malpropres, devant lesquelles sont

accroupis des chameaux, attendant qu'on les
charge de marchandises ou qu'on les débar-
rasse de leurs fardeaux.

Des femmes sont assises à terre, ayant à leurs
pieds de grandes corbeilles remplies de fruits

PORTE DE JAFFA.

et de légumes. Des porteurs d'eau se croisent
dans toutes les directions. Ici, des mulets char-
roient des pierres ; là, des troupeaux de moutons
se font écraser au coin des carrefours ; et l'on se
demande comment, avec cette affluence insolite,
il n'arrive aucun accident.

Les petites boutiques se succèdent innombra-

bles : ce sont de véritables bazars que tiennent
généralement des Juifs à l'aspect sordide. Plus
loin, d'autres marchands vendent des objets de
piété en bois d'olivier, tels que crucifix, chape-
lets, ornements d'église, etc., et au milieu de
ces nombreux magasins s'étalent des bougies de
toutes couleurs.

Bientôt, descendant des marches aux dalles
démesurées, on arrive à une place également
dallée, vis-à-vis du Saint-Sépulcre.

La bâtisse en elle-même n'offre rien de bien
remarquable : elle aurait beaucoup gagné à rester
isolée des chapelles qui l'entourent aujourd'hui
et qui nuisent ainsi à la pureté de son style.

C'est sainte Hélène, mère de Constantin, empereur de Byzance, qui fit élever cette église sur
l'emplacement du Saint-Sépulcre. Elle y aurait
trouvé la croix, les clous et la couronne d'épines
du fils de Dieu, et, en cet endroit, elle fit
construire une chapelle.

On se sent rempli d'un mélange de respect
et de terreur lorsqu'on songe qu'on se trouve

dans les saints lieux où Notre Seigneur rendit l'âme, après avoir enduré les souffrances les plus horribles.

En entrant dans cette enceinte sacrée, on est

FAÇADE DU SAINT-SÉPULCRE.

saisi par la brusque transition de la lumière éclatante du soleil avec l'obscurité d'une église recevant fort peu de jour. Mais les yeux s'habituent vite à cette douce pénombre.

Bientôt on aperçoit une large pierre de couleur rougeâtre : c'est sur cette plaque que le corps de Notre Seigneur fut lavé par Joseph. De

nombreuses lampes et de grands candélabres,
hommages de quelques âmes pieuses, brûlent
sans cesse en ces lieux.

Voici maintenant, derrière cette grille, l'endroit où, dit-on, les femmes se tenaient en face
du Golgotha.

Une coupole extrêmement élevée surplombe le
Saint Tombeau, qui se trouve placé dans une
petite chapelle, juste au-dessous de cette voûte.
Cette merveille de l'antiquité est toute en marbre
blanc tacheté de rouge.

On est obligé de se baisser pour pénétrer
dans la première partie de cette nef, au milieu
de laquelle se voit la pierre sur laquelle se tenait
l'ange qui annonça aux hommes la résurrection
de Jésus-Christ. Puis, la contournant, on arrive
devant le Saint-Sépulcre : un prêtre grec s'y
tient en permanence.

Avec quel respect nous baisions cette pierre
qui avait touché le corps de Notre Seigneur !

Avant d'arriver au Golgotha, nous nous arrêtâmes quelques instants dans ces lieux où Jésus

apparut aux femmes; puis nous vîmes la colonne
de flagellation.

Il fallut monter pour atteindre le Golgotha,
que surmonte une chapelle; en cet endroit,
on montre aux pèlerins l'emplacement où se
dressait la funèbre croix. Quels souvenirs par-

INTÉRIEUR DU SAINT-SÉPULCRE.

lants! Chaque pierre, chaque objet qui frappe
la vue rappelle le Rédempteur du monde et
fait assister de nouveau par la pensée à cette
fin terrible qui fut un exemple pour l'univers
entier. Et nous revoyions la vierge Marie, parta

4

geant avec son fils bien-aimé cette lente agonie
qui déchira si cruellement son cœur de mère!

Que de visiteurs n'ont pas traversé cette
église depuis deux mille ans! que d'adorateurs
n'ont pas eus ces saints lieux, à commencer par
Godefroy de Bouillon qui, après avoir conquis
les murs de la ville au prix de pénibles efforts,
se rendit, les pieds nus, au Saint-Sépulcre,
accompagné de ses chevaliers et de ses soldats
pour rendre grâces au Dieu des armées de l'avoir
soutenu dans la défense de la sainte cause. Et
quand on lui offrit le titre de roi de Jérusalem,
le vaillant guerrier le repoussa en prononçant
ces paroles à jamais mémorables : « Là où mon
Seigneur a porté une couronne d'épines, je n'en
veux point une d'or. »

Mais il ne faut pas non plus oublier l'insigne
barbarie de ses soldats, qui maltraitèrent les
vaincus et nuisirent ainsi à la grandeur de leur
victoire : ils massacrèrent avec la dernière des
cruautés les dix mille Musulmans qui s'étaient
réfugiés sur le mont des Oliviers, alors que la

vue du saint lieu aurait dû leur conseiller le pardon au nom et en souvenir de Jésus.

Les croisades continuèrent : bien des rois vinrent prier sur la montagne sacrée; mais malgré tout, ils ne purent conserver Jérusalem, qui fut reprise par les Musulmans.

Et, maintenant encore, des milliers et des milliers de pèlerins viennent chaque année implorer leur salut dans la cité sainte.

Nos amis nous avaient recommandé de voir la ville dans son ensemble; nous nous empressâmes de suivre ce conseil à la lettre. Aussi le jour suivant étions-nous en route de grand matin pour le mont des Oliviers. Force nous fut de faire le tour des murailles et de traverser la vallée de Josaphat avant de commencer notre ascension. Nous passons aussi devant le jardin de Gethsémani sans le visiter, car nous n'en avions pas le temps ce jour-là.

Arrivés sur la hauteur, nous vîmes se dérouler à nos pieds un splendide panorama : le terrain, s'abaissant, formait la vallée de

Josaphat, parsemée de tombeaux de toutes
dimensions. Au bas, s'étendait le lit desséché
du Cédron; et c'est sur le plateau situé au delà
que s'étage la ville.

Son aspect étrange, ses coupoles, ses minarets, l'élégante mosquée d'Omar au milieu de la
grande place, puis la mosquée d'El-Aksa entourée
de cyprès; au premier plan Sion, Aksa, Moria,
Bezetha, les quatre quartiers qui se partagent
la ville; enfin, la Porte Dorée au pied de l'emplacement du temple de Salomon, tout cela
ne contribuait pas peu à donner à Jérusalem
un cachet particulier.

De hauts murs déchiquetés entourent la cité
de toute part; plus loin, se dresse la colline
du « Mauvais Conseil », et, au-dessus de ces
merveilles, un de ces beaux soleils comme on
n'en voit que là, se détachant au milieu d'un
ciel bleu d'azur, ajoute à la magnificence de
ce tableau enchanteur. Je n'oublierai jamais
l'aspect grandiose que revêtit cette vieille ville
à mes yeux.

Mais nous dûmes lui tourner le dos, malgré
le regret que nous éprouvions de nous détacher
aussi vite de ce spectacle séduisant.

Le paysage qui est venu alors frapper nos
regards ne manque pas, lui non plus, d'une
certaine majesté : à perte de vue, s'étendent
de verdoyantes collines et de hautes montagnes
qui, à mesure qu'elles s'éloignent, se rapetissent
de plus en plus et finissent par se noyer dans
la délicieuse vallée du Jourdain.

Sur notre droite, d'autres collines laissent
apercevoir, entre leurs sommets, une nappe
bleue, d'un bleu aussi pur, aussi profond que
celui du ciel : c'est la Mer Morte, qui s'étend
devant nous.

Enfin, plus au loin encore, nous apercevons
des montagnes très élevées et dont la teinte,
d'abord brune, passe insensiblement au violet
sous les reflets irisés du soleil; puis la nuance
devient cendrée, grisâtre, et ne tarde pas à se
fondre dans l'éloignement.

De quel côté tourner ses regards pour ne

pas s'abimer dans une muette contemplation!
Car tout est si beau, si étincelant de couleurs

variées, qu'on ne peut s'empêcher d'être saisi
par un spectacle aussi imposant! Quelle merveilleuse contrée, malgré sa sécheresse! quel soleil

resplendissant! Si nous nous étions écoutés, nous n'aurions jamais pu nous détacher de ces parages vraiment enchanteurs.

Mais, tout a un terme ici-bas, et il nous fallut songer au retour, bien qu'à regret.

Cependant, avant de nous éloigner du mont des Oliviers, nous pénétrâmes dans l'église des Carmélites : dans une vaste cour, les murailles étaient tapissées d'inscriptions mystiques en lettres d'or, de citations bibliques gravées sur des plaques de marbre et empruntées aux langues les plus diverses.

Ce lieu de dévotion est un don de la dernière descendante de Godefroy de Bouillon... L'église est remarquablement belle, avec sa structure de marbre blanc, sa séduisante simplicité et ses admirables vitraux bleus. Dans un sanctuaire si bien fait pour élever l'âme vers la Divinité, tout invite à la prière et au recueillement.

Êtes-vous satisfaite de votre élève, ma bonne Cécile, et mon long bavardage ne vous fatigue-t-il pas trop? Si j'ai tenu à vous décrire en détail

toutes les beautés de cette magnifique Jérusalem,
c'est que je sais qu'au fond vous n'en serez pas
fâchée : je n'en demande pas plus, et cela suffit
à satisfaire mon esprit et mon cœur.

Votre amie dévouée,

SALMÉ.

FEMMES ARABES A LA FONTAINE.

IV

Jérusalem, *mercredi 2 mai.*

Bien chère Amie,

Vous m'avez demandé de vous décrire la population de la Palestine. J'essaierai de vous en donner une idée aussi exacte que possible, heureuse si je puis arriver, par mon récit, à vous procurer l'illusion d'être venue vous-même en Terre Sainte.

Ce que je sais de ces contrées pleines de souvenirs, ce qu'il m'a été donné de voir de ces régions si fertiles naguère en événements de toutes sortes, je m'efforcerai de vous le dépeindre de mon mieux; et, si je parvenais à vous faire souhaiter d'entreprendre un jour un voyage pareil au mien, j'aurais atteint mon but, qui est de vous intéresser quelques instants.

Ici, ce n'est pas dans de belles et riches demeures que vivent les personnes aisées! Que nous sommes loin, sous ce rapport, des confortables constructions de notre vieille Europe! Non; rien de misérable, au contraire, comme une habitation arabe!

Figurez-vous une haute muraille percée de quelques simulacres de fenêtres; une porte très basse sous laquelle on ne peut passer que plié en deux, et, à l'intérieur de ces masures, de grandes pièces nues où règne une quasi-obscurité... Attendons un moment pour permettre à nos yeux de s'habituer à ces demi-ténèbres.

Des meubles, il n'en faut pas parler : on s'assied par terre. La vaisselle y est réduite à sa plus simple expression, et presque toujours elle se compose d'un unique plat, dans lequel picorent à l'envi toutes les mains de la famille.

Et n'allez pas croire que ces familles soient peu nombreuses! Hommes, femmes, enfants, vieillards sont entassés pêle-mêle dans ces demeures primitives; et il se produit le fait suivant : c'est que non seulement un couple y vit avec ses filles et ses fils, mais encore tous ces derniers, quand ils sont mariés, habitent la maison paternelle avec leurs enfants; de sorte que chaque famille constitue ainsi une véritable tribu.

Seules, les filles quittent de bonne heure la maison : privées de la vive affection que l'on accorde sans partage aux garçons, elles se fiancent fort jeunes, et il arrive que, dès l'âge de douze ans, elles sont mariées avec celui de leurs prétendants qui offrait le plus de ressources : c'est un véritable marché aux enchères!

Le père du futur époux vient chez la jeune fille à marier, au père de laquelle il fait sa demande en ces termes : « J'ai un fils, tu as une fille; marions-les; je t'offre 500 francs. Es-tu content de ce prix? »

Alors les discussions commencent; on marchande, on se récrie, on refuse d'abord pour la forme; et en fin de compte, après d'assez longs débats, on s'arrête à une somme acceptée par les deux parties. Puis, ces conditions remplies, le mariage est fait : il n'y a plus à y revenir.

De ce jour, la jeune fille abandonne le toit paternel pour aller vivre chez ses beaux-parents. Et, chose horrible et contre nature! tandis que l'homme se croise les bras et se complaît dans une incompréhensible oisiveté, la malheureuse femme pioche la terre et travaille pour nourrir les siens!

Allons donc, après cela, nous jeunes filles, nous plaindre du sort qui nous est fait en Europe!

En Palestine, le mari est le souverain maître : quand il ordonne, la femme doit obéir! Et l'infortunée créature n'a qu'à s'incliner et à courber la tête sous le joug! Quel triste avenir que celui qui l'attend!

Ce sont surtout celles qui ont été élevées dans les couvents, celles dont l'éducation a été particulièrement soignée, celles en un mot qui savent que la dignité n'est pas un vain mot, ce sont surtout celles-là, dis-je, qui ont à souffrir lorsqu'elles se voient ainsi jetées dans les bras d'un homme ignorant et brutal! Quel affreux supplice! quelle torture de tous les instants!

Plus heureuses sont celles qui trouvent un mari parmi les jeunes gens élevés dans des établissements d'instruction. Elles peuvent alors ne pas voir s'envoler d'un seul coup toutes leurs illusions de jeunes filles! Ah! les pauvres victimes, comme elles envieraient le bonheur des Françaises si elles connaissaient l'existence dorée qui est faite à la femme dans ce pays!

Une chose à remarquer chez les habitants de la Palestine, c'est le port majestueux, la structure peu ordinaire qu'ils ont presque tous, dans quelque classe de la société qu'on les prenne. Vous voyez des femmes simplement et négligemment habillées, ou même couvertes de haillons, affecter une démarche noble qu'augmente encore une taille généralement au-dessus de la moyenne.

Les hommes, un manteau de poil de chameau

jeté sur l'épaule, se donnent des airs de princes et portent nonchalamment cette sorte de péplum; dans toutes les circonstances où ils se trouvent placés, ils conservent une expression calme et digne, font ressortir de leur mieux leurs traits réguliers brunis par le soleil, et s'attachent à faire saillir leur corps nerveux et souple en imprimant à leurs membres ce balancement plein d'indolence qui caractérise leur démarche habituelle.

Rien de plus gracieux que l'allure des femmes allant à la fontaine! Vêtues d'un costume en toile bleu foncé, légèrement ouvert par devant et garni de quelques broderies, les manches tombant en pointe et descendant presque jusqu'à la cheville, elles ont soin de fixer ces dernières autour de leur cou, lorsqu'elles les gênent pour travailler. Leur coiffure, qui ne manque pas d'une certaine élégance, est de forme carrée et entourée d'un long voile blanc. Leurs bras d'albâtre décrivent une courbe gracieuse au-dessus de leur tête, et leurs doigts mignons viennent saisir les anses d'une amphore de forme antique.

C'est là un tableau vraiment digne de l'atten-tion des grands peintres; et, en le contemplant, je me reportais au temps encore peu éloigné où j'étudiais l'Histoire Sainte et où ma jeune intelligence aimait à se figurer la douce Rébecca donnant à boire au vieil Éliézer.

Celles de ces créatures qui se sont converties au christianisme sont revêtues d'une sorte de grande étoffe blanche qui les enveloppe de la tête aux pieds : leur visage lui-même est presque entièrement caché, et seuls les yeux semblent avoir conservé un semblant de vie dans cet ensemble de voiles immaculés, dont la fraîcheur ne le cède en rien à la constante propreté.

Détail bizarre! l'unique marque qui puisse faire distinguer chez les femmes une personne riche d'une pauvre consiste dans la largeur de l'ourlet; à part ce détail presque insaisissable, toutes se ressemblent à s'y méprendre.

Les hommes, eux, sont couverts d'une longue

chemise ordinairement rayée de bandes jaunes
et rouges, et soutenue par une ceinture aux
couleurs éclatantes. Comme je l'ai déjà dit plus
haut, ils portent sur l'épaule un manteau brun
en poil de chameau, et entourent leur tête d'un
mouchoir bien voyant, que fixe à leur front une
cordelière flottant au gré du vent. Cette coiffure
les préserve contre les ardeurs d'un soleil
brûlant.

Une physionomie essentiellement grave et
sévère, un calme superbe, un air de dédain
affecté pour tout ce qui l'entoure, tels sont les
traits principaux qui caractérisent l'Arabe de
ces contrées. Il est fort rare qu'un habitant de
la Palestine se départe de son attitude ordinaire
et que sa figure prenne une expression joyeuse.
Pour ma part, tous ceux que j'ai vus — et ils
sont nombreux! — avaient le même cachet
d'austérité et semblaient être mêlés à quelque
noire conspiration.

Leur extérieur s'harmonise d'ailleurs avec le
paysage, qui est majestueux et sévère, malgré

le brillant soleil qui le dore; et c'est justement
en raison de cet étrange contraste que ce pays
revêt un cachet qui lui appartient en propre.

En hiver, les Arabes habitent leurs maisons —
ou leurs tanières, comme il vous plaira de les
appeler, — tandis qu'en été ils dorment en plein
air. Presque tous possèdent aux alentours un
petit coin de terre où poussent des oliviers, des
figuiers et quelques maigres pieds de vigne.
C'est ce qu'ils nomment « leur maison de campagne », et pendant la belle saison, ils viennent
y passer quelques mois.

Il faut croire que les heures s'y écoulent pour
eux fort agréablement, car tous les ans, à la
même époque, les heureux possesseurs de ces
coins de terre y reviennent avec un nouveau
plaisir, et ils conservent cette habitude jusqu'à
la fin de leurs jours.

A tout prendre, c'est une belle race que celle
des habitants de la Palestine, et il n'est pas rare
de rencontrer sur ces riants rivages des fillettes
d'une ravissante beauté, aux yeux profonds de

gazelles effarouchées, au petit corps souple et gracieux; mais si ces fleurs vivantes ne laissent rien à désirer sous le rapport du charme, elles sont, hélas! éphémères et se flétrissent avec une étonnante rapidité.

Les plus remarquables sous le rapport de la régularité des traits sont celles que j'ai vues à Bethléem : elles sont grandes et fortes; leur minois est frais et pimpant; elles aiment à faire courir leurs doigts mignons dans les boucles de leur soyeuse chevelure blonde; de leurs yeux malins s'échappent de véritables éclairs; bref, tout en elles est fait pour plaire, et leur démarche est remplie d'une souveraine grâce. Une toque entièrement recouverte de piécettes d'argent abrite leur jolie tête, et constitue plus spéciale-ment la parure des femmes mariées.

Les moins bien partagées au point de vue de la beauté sont, sans contredit, les femmes des Bédouins : la saleté et le désordre sont leur apanage. Elles ont l'air d'ignorer, les pauvres créatures, l'usage de l'eau.

Il n'en est pas de même des hommes qui, en général, prennent grand soin de leur personne et m'ont paru superbes sur leurs beaux chevaux fougueux.

Bien souvent, vous apercevez, perdues dans un ravin, quelques tentes brunes qui se détachent sur le sol dénudé, et du sommet desquelles s'échappe un léger panache de fumée blanchâtre : c'est un campement de Bédouins. Des enfants, crasseux et mal vêtus, la tête rongée de vermine, jouent à quelques pas de ces excentriques demeures, et l'arrivée d'un passant est seule capable de les arracher à leurs jeux, car mendiants ils naissent, mendiants ils vivent et, sans aucun doute, mendiants ils mourront : c'est dans leur nature, et l'on perdrait sa peine à entreprendre de les transformer.

En fait de mendiants, il y en a qui sont vraiment repoussants ! Il est bon de se garer et de prendre ses précautions, car la lèpre fait de véritables ravages en Palestine. Oh ! l'épouvantable maladie ! Et, quand on songe que dans bien peu d'endroits les cas sont aussi nombreux qu'à Jérusalem, c'est à frémir de s'y trouver!

C'est surtout en allant de la Ville Sainte au hameau de Bethléem que l'on est appelé à rencontrer une foule de ces infortunés le long

LES LÉPREUX DE JÉRUSALEM.

de sa route. La montagne des Oliviers est aussi largement partagée sous ce rapport. Ah! quel affreux malheur que d'être la proie d'une semblable affliction!

Que je comprends les lois humanitaires qui permettent d'alléger les souffrances plus morales

encore que physiques des malheureuses victimes
de ce mal horrible!... Des asiles leur sont
ouverts, où on les soigne, les habille et les nourrit.
Ce sont en général des hospices allemands
et turcs qui les reçoivent; mais bien qu'ils
trouvent plus de bien-être dans les premiers,
ils préfèrent en général les seconds, à cause
de la liberté plus grande qui leur y est laissée.

Dans ces derniers établissements, ils vont et
viennent à leur guise; ils peuvent partir quand
bon leur semble, quitte à revenir lorsque la
fantaisie leur en prend; bref, ils sont leurs
maîtres, à fort peu de chose près; et la facilité
leur est donnée d'amasser à la longue un petit
pécule.

Voici comment ils procèdent : ils vont errer
dans la campagne, font étalage de leurs infirmités
et demandent l'aumône aux propriétaires, qui
ont la ferme croyance que Dieu les maudirait si
par hasard ils restaient sourds aux prières d'un
lépreux. Ils s'empressent donc de lui donner à
manger, lui font même un modeste cadeau et

lui remettent soit une poule, soit du blé, ou
tout autre don en nature, que le mendiant va
vendre aussitôt dans le pays voisin. Étrange
façon de comprendre la délicatesse et d'apprécier
l'honnêteté !

La population de Jérusalem ne consiste pas
seulement en Arabes : on y rencontre aussi des
Juifs en très grand nombre. C'est ici le cas ou
jamais de dire que « les extrêmes se touchent! »
Quelle diversité, quelles étonnantes contradictions
on est appelé à constater ici à chaque pas!
Autant, en effet, l'Arabe est fier et orgueilleux,
autant le Juif est servile et intéressé !

Il faut bien reconnaître cependant qu'il a, lui
aussi, outre ses défauts innés, quelques petites
qualités : ainsi, le respect qu'il professe pour les
vieillards et la grande constance qu'il observe
sur le chapitre religieux sont tout particulièrement son partage. Depuis des milliers d'années
en effet, les Juifs sont restés les mêmes, et leur
fidélité à leurs croyances est presque devenue
proverbiale.

Aujourd'hui, comme alors, ils n'ont qu'un rêve : mourir en Terre Sainte! Dépourvus de patrie, sans nation, sans foyers, expulsés de partout, ils ont formé entre eux une sorte d'union, et, en quelque lieu qu'ils se trouvent, ils se rapprochent, s'unissent et pratiquent les rites de leur religion, sans s'inquiéter de ce que l'on peut penser autour d'eux, uniquement préoccupés de demeurer fidèles à la foi de leurs pères.

Souvent, on rencontre quelques-uns de ces types aux traits fins, délicats, expressifs au possible, et dont les yeux profonds semblent refléter les malheurs qui ont sévi sur leur nation, jadis si puissante!

Que de fois, dans nos excursions, nous est-il arrivé de dire, en rencontrant un des descendants des anciennes tribus juives : « Oh! la belle tête de Christ! » Tantôt c'étaient de vieux rabbins, tout ratatinés sur eux-mêmes et pourvus d'une longue et vénérable barbe blanche; d'autres fois nous les reconnaissions à leur nez crochu et caractéristique, à leurs petits yeux

TYPES JUIFS DE JÉRUSALEM.

fauves et souvent haineux, et mentalement
nous avions pitié d'eux, car nous nous disions
que c'était la persécution qui les avait aigris et
transformés ainsi.

Le dimanche, ou plutôt le samedi, jour du
sabbat, les Juifs revêtent de riches pelisses, et
leurs chapeaux sont parés d'une longue queue
de renard.

De leur côté, les femmes portent de grands
voiles blancs dont elles s'enveloppent, de façon
à ne laisser voir que leur figure, qui la plupart
du temps est fort belle; et il n'est pas rare de
découvrir sous l'étoffe qui les couvre de délicieux visages et les plus beaux yeux noirs du
monde.

Êtes-vous édifiée, maintenant, ma chère amie,
sur cette population qui, jadis si puissante, est
descendue aujourd'hui au dernier degré de
l'échelle sociale, et chez laquelle la pauvreté est
en pleine fleur? Si je n'ai pas été aussi précise
que je l'aurais voulu, vous m'excuserez en
faveur de l'intention que j'ai eue de vous

raconter exactement ce qu'il m'a été donné de voir au jour le jour pendant cet intéressant voyage au pays des merveilles.

A bientôt, ma Cécile, le plaisir de vous donner de nouveaux détails sur les curiosités que j'aurai pu remarquer. Pour le moment je vous envoie mille amitiés, et je reste

Votre sincère amie,

SALMÉ.

LA MOSQUÉE D'OMAR.

V

JÉRUSALEM, *mardi 8 mai.*

MA TRÈS CHÈRE AMIE,

Qui n'a pas vu la mosquée d'Omar ne connaît rien de Jérusalem, nous avait-on dit : c'est un bijou d'architecture. Aussi ne fûmes-nous pas longs à nous y rendre.

S'il est une chose dont on puisse se plaindre, là-bas, ce n'est certes pas du mauvais temps ; au contraire, il y fait même trop beau, et il est fort rare qu'on passe une journée sans avoir à souffrir des rayons brûlants du soleil : c'est dire que nous l'eûmes pour nous escorter tout le temps que dura, ce jour-là, cette intéressante excursion.

Pour arriver à l'emplacement occupé par l'ancien temple de Salomon, et que les mahométans considèrent à juste titre comme un de leurs édifices les plus sacrés, il fallait traverser toute la ville.

Il n'y a guère qu'une dizaine d'années que l'on permet aux chrétiens de pénétrer dans la mosquée d'Omar. Naguère, la porte en était rigoureusement fermée aux profanes, et encore aujourd'hui, pour la visiter, faut-il être accompagné d'un de ces gardiens du consulat qui portent communément le nom de *cawass*.

Au bout de quelque temps, on parvient à une large place au centre de laquelle se dresse le monument. Sur trois des faces de ce vaste emplacement, s'étend une longue rangée de colonnades élancées, entre lesquelles le regard émerveillé aime à se reposer sur le pittoresque panorama qui se déroule au pied de Jérusalem : le mur crénelé de la ville et de la Porte Dorée constitue le quatrième côté de l'immense quadrilatère.

Mais c'est sur la mosquée d'Omar que se porte pour le moment toute notre attention, car elle suffit grandement à elle seule pour retenir notre curiosité. Elle a la forme d'un octogone, et une

FAÇADE DE LA MOSQUÉE D'OMAR.

magnifique coupole la surmonte. Les dimensions de ce coquet édifice n'ont toutefois rien d'exagéré, et les proportions en sont admirablement gardées. L'ensemble du monument est d'une harmonie parfaite; les murs extérieurs sont couverts de faïences aux dessins les plus

6

variés, entremêlés de caractères énigmatiques.
Au sommet de la coupole étincelle le croissant
doré du Prophète.

Avant de franchir le seuil du mystérieux
sanctuaire, nous nous arrêtons en face d'une
cour dont la coupole est supportée par d'élé-
gantes colonnettes. En cet endroit, pour nous
conformer à la règle imposée à tous les mortels, nous enlevons nos chaussures; car si nous
ne nous soumettions pas à cette formalité assez
gênante, l'entrée du temple nous serait impi-
toyablement refusée.

Il est difficile de se faire une juste idée des
richesses architecturales, du fini d'exécution et
du merveilleux assemblage de dessins de cette
admirable mosquée.

Huit magnifiques colonnes de marbre, ayant
chacune leur couleur propre, soutiennent la coupole, tapissée de mosaïques exquises, et sur le
fond d'or de laquelle serpentent les arabesques
les plus gracieuses. Au milieu du monument, se
remarque un rocher complètement nu, qui

contraste singulièrement avec les beautés qui
vous entourent.

Mais avant de nous faire raconter la légende
qui se rapporte à ce temple si riche, ne nous
lassons pas de contempler tout ce qui frappe
notre vue, et admirons de notre mieux cette
brillante réunion d'objets précieux.

Tout autour de nous règne un long couloir
dont les parois sont parsemées de superbes
mosaïques sur lesquelles des fenêtres latérales
viennent projeter une demi-clarté. Des vitraux
aux couleurs très variées, enchâssés dans une
épaisse couche de plâtre, simulent de curieux
dessins, tandis que des effets de lumière tout à
fait incroyables éclairent de feux étranges les
pignons dorés. Toutes ces mosaïques affectent
des formes différentes, et plus on les regarde,
plus on les trouve belles. Quel génie inventif il
a fallu pour créer de semblables merveilles!

— « Que signifie la présence de ce rocher au
milieu du monument? » telle fut naturellement
la première question que nous adressâmes à

notre guide. L'explication ne se fit pas attendre, et la curiosité bien excusable que nous manifestions ne tarda pas à être satisfaite. Deux raisons nous furent données : l'une, d'origine absolument turque; et l'autre, supposition toute mystique. A vous, chère amie, de juger quelle est la plus plausible des deux.

Suivant la première, ce serait d'abord sur ce rocher qu'Abraham devait immoler son fils, lorsque l'intervention divine vint arrêter son bras prêt à frapper. Ce serait encore ce rocher qui accompagna Mahomet dans son ascension vers le ciel, et que l'ange Gabriel rejeta sur la terre, où il demeura suspendu dans l'espace : c'est pour cela, du reste, que l'énorme pierre se trouve penchée dans le vide encore aujourd'hui. Explication, comme on le voit, pleine de bon sens, et devant laquelle on ne peut que s'incliner!

Passons maintenant à la seconde : d'après elle, il ne serait pas impossible que l'on se trouvât en présence de ce mont Moriah dont

parle la Bible. Cette pierre devint plus tard
l'autel sur lequel les prêtres hébreux sacrifiaient
d'innocents animaux en guise d'offrande au
Seigneur; un canal, creusé à l'intérieur du roc,
venait aboutir à des citernes souterraines.

Les magnifiques colonnes qui ornent cette
mosquée datent aussi, paraît-il, de l'époque où
vivait Salomon.

Un mot maintenant des mosaïques que nous
avons sous les yeux. Comme elles appartiennent
au style byzantin, il y a tout lieu de présumer
que ce temple fut tout d'abord une église chré-
tienne : les dessins qui s'y rencontrent en effet
représentent fréquemment des épis, des branches de vigne et des calices.

Ce problème, resté insoluble jusqu'ici, est
l'objet des études de bien des savants. Arrivera-
t-on à le résoudre? Là est la question; mais
j'en doute fort. Ce que je sais pour le moment,
c'est qu'il existe à ce sujet presque autant
d'opinions que de chercheurs. Mais patience!
qui vivra verra! Il n'en est pas moins vrai que

tout cela est fort beau, et que ces colonnes
revêtent un tel caractère de perfection, que
l'on ne peut que rester en extase devant un
chef-d'œuvre unique au monde.

Il y avait certes beaucoup à voir encore dans
la majestueuse mosquée, mais pour tout étudier
en détail, pour visiter point par point les mille
particularités de l'édifice, il nous aurait fallu
beaucoup plus de temps que nous n'en avions
devant nous. Je ne veux pourtant pas m'éloigner
de ces lieux sans citer la remarquable chaise
du calife Omar, tournée du côté de l'Est, dans
la direction de La Mecque.

Ce siège d'un nouveau genre, et comme je
ne souhaite pas aux déménageurs d'en avoir
à manier beaucoup, est creusé dans le marbre
le plus rare, et l'artiste qui a travaillé ce bloc
aux belles veines multicolores a créé une œuvre
qui, comme finesse, rappelle la dentelle la plus
délicate... Ah! c'étaient de bien merveilleux
artistes que les sculpteurs anciens!

Enfin, pour terminer, jetons un coup d'œil

en passant sur les ravissantes fontaines qui
ornent les angles de cette grande place, et qui
viennent si à point ajouter leur note gaie à
toutes les curiosités qui nous entourent.

Cette première visite terminée, nous nous
dirigeâmes vers El'Aksa. A deux pas de cette
seconde mosquée coule une nouvelle fontaine
qu'entourent de gigantesques cyprès au feuillage
vert sombre.

Ainsi que l'atteste la forme elle-même de la
basilique, qui représente une croix, on reconnaît
que l'on a sous les yeux un ancien temple
chrétien.

Seules, ici, sont dignes d'attention les rangées
de colonnades couvertes d'une couche de chaux
sous laquelle se cachent de fort belles peintures :
tout le reste paraît badigeonné de frais et n'offre
aucun intérêt. Il y avait bien cependant de jolis
vitraux dans la partie supérieure de la croix,
à l'endroit où se trouve ordinairement l'autel,
ainsi que quelques curieuses mosaïques sur
les plafonds. Toutefois il n'y a pas de compa-

raison possible à établir avec la mosquée
d'Omar.

On remarque encore une chaire toute en bois
sculpté, qu'agrémentent, de-ci de-là, quelques
incrustations de nacre, et qui est fort remarquable comme travail.

A noter surtout, dans cette enceinte, deux
hautes colonnes qui se touchent presque, et au
sujet desquelles Mahomet prononça, toujours
d'après la légende, les sentencieuses paroles
que voici : « Quiconque passera entre ces deux
colonnes ira droit au ciel en mourant. »

Depuis, cette croyance, très enracinée dans le
cerveau des fils du Prophète, se transmit de
génération en génération, jusqu'au jour où la
ville eut pour gouverneur un certain pacha des
plus corpulents, auquel son embonpoint exagéré
interdisait tout exercice du genre de ce dernier.
Furieux de ne pouvoir se glisser entre les deux
piliers précurseurs des joies éternelles, il les
fit entourer d'une grille, et depuis cette époque
les personnes maigres ne vont plus au Paradis,

à la grande satisfaction de leurs adversaires. Je
ne sais si c'est là parole d'Évangile, mais c'est
la légende qui parle et, entre nous, la légende
exagère parfois un peu!

Sous la mosquée d'El' Aksa, on nous montra
des bâtisses souterraines qui auraient été les
écuries du roi Salomon : ces salles sont dallées
et ornées de fort belles colonnes.

Nous nous dirigeâmes ensuite vers Sion, afin
de voir ce qui restait du temple que bâtit ce
même Salomon et dont il ne subsiste aujourd'hui
que les immenses pierres qui en marquent le
point d'origine.

C'est en cet endroit que, tous les vendredis,
viennent se lamenter les Juifs : ils espèrent
ainsi exciter la pitié, et je dois dire qu'ils y
réussissent; car, selon moi, il est impossible de
rester insensible et froid devant ces vieillards à
longue barbe blanche qui — brandissant d'une
main ridée par l'âge un parchemin jauni —
gémissent sur le triste sort de leur nation. Ils
paraissent abîmés dans une immense douleur

et à tout instant ils se prosternent et baisent avec amour les nombreux vestiges de leur splendeur passée.

Apportant, elles aussi, leur tribut de larmes à ce concert de plaintes et de lamentations, les

LES LAMENTATIONS DES JUIFS.

femmes s'accroupissent au pied des murailles et versent des pleurs que nulle consolation ne semble avoir le pouvoir d'arrêter. Pauvre peuple déshérité, aujourd'hui sans foyer et sans patrie, qui a peu à peu assisté à l'écroulement de tout ce qu'il aimait ici-bas, et qui songe avec amertume à son ancienne puissance éclipsée pour toujours!

C'est l'esprit absorbé par ces pénibles réflexions que nous nous hâtâmes de reprendre la route de notre gîte, car depuis un moment la nuit se faisait. Toujours courant, nous traversâmes le quartier juif qui, entre parenthèses, ne brille point par sa propreté.

Nous nous bornâmes ce jour-là à ces quelques visites, nous réservant d'aller une autre fois admirer les ruines de l'ancien couvent des chevaliers de Saint-Jean.

Comme bien vous pensez, nous ne tardâmes pas à faire cette nouvelle excursion. Ces ruines sont aujourd'hui la propriété de l'Allemagne; c'est le sultan lui-même qui en fit don au prince Frédéric, lors du voyage de ce dernier à Jérusalem. Sous peu, une église va s'élever sur cet emplacement. Les vestiges qu'on y voit encore sont curieux à visiter; avec un peu d'attention il est très facile d'appliquer à chacun d'eux son ancienne attribution,

C'est ainsi qu'il nous fut aisé de reconnaître l'église avec ses trois autels, le cloître, les cellules, la sacristie, les citernes, la cour intérieure et jusqu'à la prison du vieux couvent. Inutile, n'est-ce pas, d'ajouter si cette excursion nous intéressa! Qu'il vous suffise, pour vous en rendre compte, de vous mettre un instant à notre place.

Que je n'aille pas oublier de dire qu'en nous livrant à cette curieuse visite il nous fut donné de distinguer, gravée sur une pièce couverte de mousse, la fameuse croix des anciens chevaliers de Malte.

Mais je me suis trop étendue déjà sur ce sujet, et j'aurais beau me répéter que, même avec la meilleure volonté du monde, je n'arriverais jamais à peindre comme je le voudrais le caractère plein de grandeur et de poésie de ces ruines, si parlantes dans leur silence et leur sévérité.

Pardon, chère Cécile; peut-être abusé-je un peu trop de vos instants... Vous me préviendrez, et, le cas échant, je tiendrai compte de vos recommandations... Mais non, je n'abuse pas, j'en suis sûre, et je vous sais si bonne que j'ai la conviction de vous trouver toujours prête à me lire et à me prêter votre attention.

Votre amie qui vous aime tendrement,

SALMÉ.

VALLÉE DE JOSAPHAT

VI

Ma bonne Cécile,

Dans la lettre que vous m'écrivez, vous me dites que, bien des fois depuis la lecture de mes récits de voyage, votre pensée a franchi l'espace et s'est tournée du côté du mont des Oliviers et du village de Gethsémani! Que ne puis-je, pour un moment, emprunter la baguette d'un magicien et vous transporter avec moi au milieu de ces sites enchanteurs que vous animeriez si bien de votre présence! Malheureusement le temps des fées de notre enfance a fui pour toujours, et je ne puis que vous exhorter à me continuer la bienveillante attention que vous m'avez accordée

7

jusqu'ici. Vous pouvez être assurée d'ores et déjà que votre petite Salmé mettra tout en œuvre pour vous faire de son mieux illusion et vous laisser croire à la réalité des belles choses que vous ne pourrez voir, hélas! que par ses descriptions.

La journée de l'Ascension promettait d'être pour nous fertile en douces émotions et devait nous procurer l'occasion de voir du nouveau. Aussi, de bon matin, chevauchions-nous dans la direction de Béthanie, où nous devions visiter le tombeau de Lazare le ressuscité. Le village est arabe, comme le sont du reste tous ceux qui avoisinent la Ville Sainte, et la position qu'il occupe est vraiment charmante : situé sur un des versants de la montagne des Oliviers, il domine la route qui conduit de Jérusalem à Jéricho.

Quant au tombeau de Lazare, c'est une chambre souterraine, à laquelle on arrive en descendant de nombreuses marches : il présente assez peu d'intérêt par lui-même et n'offre de

dignes de remarque que les souvenirs se ratta-
chant à un sépulcre qui, contre l'ordinaire, a
laissé échapper sa proie.

Nous ne nous arrêtâmes donc que juste le
temps d'en faire le tour; puis nous repartimes
aussitôt, car il nous tardait d'arriver à la petite
chapelle qui s'élève sur l'emplacement d'où
Notre Seigneur monta au ciel : nous n'aurions
voulu pour rien au monde manquer une semblable occasion, d'autant plus que cette chapelle
n'est ouverte aux chrétiens qu'un jour dans
l'année, et ce jour est justement celui de l'Ascension. Une véritable affluence de pèlerins français
accompagnés d'un nombre considérable de prêtres, se trouvait actuellement en Terre Sainte.
Aussi nous promettions-nous d'assister à une
des messes que l'on ne manquerait pas de
célébrer en ces lieux : notre attente ne devait
point être trompée.

Arrivés sur le mont des Oliviers, nous cûmes
le plus ravissant coup d'œil qu'il soit possible
d'imaginer : sur la route poudreuse s'étendait à

perte de vue une longue procession de fidèles
qui, à notre exemple, venaient prendre leur part
de la fète du jour. Nous descendîmes de cheval

MONT DES OLIVIERS.

pour nous diriger vers la chapelle; de tous côtés
se voyaient de splendides autels, et partout une
foule recueillie s'absorbait dans de pieuses
invocations.

Ce que nous tenions à voir par-dessus tout,

c'était le point exact d'où Jésus s'éleva vers
le ciel. Mais chacun partageait notre religieux
enthousiasme, chacun voulait se prosterner
devant le saint lieu; aussi dûmes-nous faire
queue. et attendre longtemps notre tour pour

MOSQUÉE DU MONT DES OLIVIERS.

pénétrer dans l'étroite chapelle et nous age-
nouiller devant l'endroit sacré où l'on montre
encore l'empreinte du pied gauche de Notre
Seigneur, que la foule baise respectueusement.

Puis on nous fit monter sur une tour extrêmement haute, bâtie par les Russes, et du haut
de laquelle nous pûmes admirer le magnifique
panorama qui se déroulait sous nos yeux. On nous

assura même que de la dernière plate-forme
nous apercevrions la ligne bleue de la Méditerranée; mais la crainte du vertige nous empêcha
d'atteindre cette hauteur, et nous descendîmes
bien vite, fort satisfaits de ce que nous avions vu.
Bientôt après, nous nous retrouvâmes à cheval
et nous repartîmes pour pousser une pointe jusqu'aux tombeaux des rois, savourant par avance
les curiosités qui nous étaient encore réservées.

Après un trajet d'une heure environ, nous
parvînmes à un mur dans lequel était encastrée
une porte hermétiquement close, qui ne s'ouvrit
que lorsque nous eûmes frappé de nombreux
coups. Des marches d'une dimension inaccou-
tumée descendaient à une très grande profondeur
et s'arrêtaient devant un bassin couvert rempli
d'eau. Tout auprès se trouvaient d'immenses
pierres, sur la surface unie desquelles les anciens
lavaient leurs morts. C'était en effet sur ces
énormes blocs que l'on posait les cadavres, et,
immédiatement au-dessus, l'eau était amenée
par des conduites sortant du bassin. C'est là

également que les corps étaient couverts de
parfums et de langes, toutes cérémonies dans
l'accomplissement desquelles excellaient les Juifs.
Telle est cette entrée majestueuse!

On arrive ensuite dans une cour intérieure
entourée de hautes murailles; et, chose merveilleuse, ces murailles n'étaient pas construites,
comme de nos jours, au moyen de pierres super-
posées les unes au-dessus des autres; non, cette
cour aux dimensions inusitées avait été direc-
tement creusée dans le rocher. Quel travail
gigantesque! surtout si l'on considère les faibles
moyens d'exécution et les instruments primitifs
dont on disposait à cette époque!

Quand on pense qu'il y a trois ou quatre
mille ans, une reine juive fit bâtir — il serait
plus vrai de dire fit creuser — ces tombeaux
pour elle et ses descendants! c'est à n'y pas
croire! L'une des parois, moins unie que les
autres, présente certaines aspérités : elle devait
être jadis supportée par les belles colonnes dont
quelques fragments gisent encore sur le sol.

Désirant pénétrer plus avant dans ces sombres et mystérieuses retraites, nous allumâmes des torches afin de pouvoir nous reconnaître dans cette obscurité.

L'entrée de ces souterrains est un simple orifice, que nous franchissons à la file, et nous nous trouvons alors dans des chambres éclairées seulement par la clarté douteuse de nos flambeaux. Chacune d'elles contient des niches destinées à recevoir les sarcophages. Une chambre succède à une autre chambre, et il en est ainsi jusqu'à l'extrémité de l'inextricable labyrinthe. De quelque côté qu'on se tourne, on ne voit qu'enfoncements et niches profondes. Toutes ces salles communiquent entre elles par de basses ouvertures au travers desquelles on ne peut se glisser qu'en se courbant au ras du sol.

Quinze chambres funéraires environ se faisaient suite dans ces lugubres solitudes, et chacune d'elles n'était qu'une partie de ce roc immense travaillé par la main des hommes! Quelle œuvre grandiose! De quel labeur infatigable, de quelle précision inouïe n'a-t-il pas fallu faire preuve pour arriver à creuser cette grande enceinte! On se demande comment des êtres humains ont pu mener à bonne fin une besogne aussi prodigieuse! Et pourtant ce ne sont que des hommes qui ont accompli cette œuvre colossale, dans le seul but de préparer à des rois une demeure digne d'eux.

Il fallait tout explorer et ne rien oublier, car nous voulions ne laisser échapper à nos regards aucune curiosité, si minime fût-elle. Aussi, par une belle après-midi, sortîmes-nous de Sion par la porte de David et prîmes-nous le chemin de la vallée de Josaphat. Un petit pont nous permit de traverser le Cédron, qui, pour le moment, en fait d'eau, ne contient guère que des cailloux.

De toutes parts, nous n'apercevions que des tombeaux qui, par leur étrange architecture et leurs grandioses proportions, achevaient de nous confondre et nous plongeaient dans un vif étonnement. Le premier que nous rencontrâmes fut celui d'Absalon : le socle carré et enjolivé de structures supporte un chapeau à longue pointe : assemblage bizarre d'un travail tout à fait remarquable.

Plus loin, nous admirâmes le sépulcre de Zacharie et celui d'un grand-prêtre du nom de Joseph, ce dernier consistant en une chambre dont plusieurs colonnes soutiennent l'entrée.

Ah! cette sinistre vallée de Josaphat a été bien choisie par le prophète Joël, lorsqu'il a prédit que ce serait là le lieu du jugement dernier! Partout l'œil se repose sur des tertres funéraires, et il semble qu'on y est à jamais séparé du monde des vivants. Que de Juifs ne viennent pas dans ce paisible séjour pour s'y faire ensevelir! Imbus de la ferme croyance qu'à la fin du monde le Seigneur réunira toutes les âmes en cet endroit et que les hommes sortiront de leurs linceuls pour s'y rendre de tous les points du globe, ils choisissent cette vallée comme lieu de sépulture, de façon à n'avoir qu'à soulever la pierre de leur tombeau lorsque le moment sera venu pour eux de comparaître devant le souverain Juge.

Devant nous se dressait le mont des Oliviers, et à ses pieds s'étendait, verdoyant et fleuri, le Jardin de Gethsémani : c'est là que le Christ

JARDIN DE GETHSÉMANI.

aimait à se rendre ! Une modeste chapelle s'y élève aujourd'hui. On nous montra encore le rocher où il s'agenouillait et celui sur lequel les apôtres s'étaient endormis pendant qu'il versait des larmes de sang sur les malheurs de l'humanité.

Dans le Jardin, qui est la propriété des catho-
liques, on remarque de magnifiques oliviers qui
datent, assure-t-on, de cette époque reculée;
en ce cas, ils ont assisté depuis à bien des
événements. Quoi qu'il en soit, leurs racines
enchevêtrées s'étendent très profondément dans
le sol. Un prêtre franciscain prend soin de ce
Jardin, et nous en rapportâmes de bien jolies
fleurs. Ce vénérable ecclésiastique ne voulut
pas nous laisser partir sans nous faire don de
quelques petites branches arrachées à ces arbres
séculaires; mais nous ne pûmes obtenir une
seule de ces olives dont l'huile, parait-il, ne
sert plus aujourd'hui qu'au sacre des évêques.

Nous ne quittâmes ces lieux pleins de touchants souvenirs que pour aller visiter le tombeau de la sainte Vierge et ceux de sainte
Anne et de saint Joachim. Une porte en forme
d'ogive, en cache l'intérieur aux regards des
humains, et force nous fut d'avoir recours de
nouveau à nos torches, la lumière du ciel ne
pénétrant pas dans ces sanctuaires de la mort.

De grandes marches très larges conduisent
au tombeau de sainte Anne; ici, de belles
lampes dorées brûlent sans interruption sur
un autel, richement paré grâce aux présents
des âmes pieuses. Vis-à-vis de ce tombeau
est celui de saint Joachim, qui est en tout
semblable au précédent. Mais pour arriver à
celui de la Vierge Marie, il faut descendre
encore de grands escaliers sombres. Ce dernier,
qui est une imitation du tombeau du Saint-
Sépulcre, est couvert de précieux ornements;
comme lui, il se trouve situé au milieu d'une
petite chapelle dans laquelle peuvent à peine
se tenir quelques personnes. Une chapelle
beaucoup plus étendue renferme celle-ci; et
tout à l'entour se remarquent de nombreux
autels consacrés aux diverses religions qui
reconnaissent le caractère divin de la mère
du Christ.

La chapelle des Grecs est de la plus grande
richesse; on y voit des pierreries merveilleu-
ses et des peintures vraiment remarquables,

parmi lesquelles je citerai le tableau repré-
sentant la Vierge morte : l'artiste la montre
couverte de pierres précieuses de la tête aux
pieds : les plis de sa robe sont formés de
grosses perles fort rares, et une couronne de
diamants orne sa tête. Ces divers spectacles,
contemplés à la lueur d'une torche fumeuse,
alors que les objets environnants sont enve-
loppés de ténèbres, portent au recueillement
les esprits les plus rebelles.

Bien que nous ne puissions nous régler sur la
hauteur du soleil, perdus que nous étions sous
ces vastes voûtes, nous comprîmes au bout
d'un moment que nous ne pouvions prolon-
ger plus longtemps notre extase, et nous nous
décidâmes à revenir à la lumière du jour.

Nous reprîmes en silence la vallée de Josaphat, pour rentrer cette fois par la porte de
Saint-Étienne, qui se dresse à l'emplacement
même où ce martyr fut soumis à la torture.

Certes, nous avions beaucoup vu; mais il
nous restait encore bien des choses à admirer.

Aussi, dès le lendemain, recommencions-
nous nos excursions à travers les sites environnants.

Voici, chère Cécile, les quelques détails que
vous m'avez demandés : puissé-je, dans cette
longue lettre, avoir atteint mon but, qui est
de vous satisfaire. Dans tous les cas, ne vous
gênez pas avec votre jeune amie, et dites-vous
bien qu'elle est prête à vous raconter tout ce
qui pourra vous intéresser touchant ce beau
pays, dont je conserverai à jamais le souvenir.

Votre bien affectionnée,

SALMÉ.

BETHLÉEM.

VII

MA CHÈRE CÉCILE,

Aujourd'hui je vous transporterai, si vous le voulez bien, au paisible hameau de Bethléem, ce berceau vénéré de la naissance du divin Sauveur, dont le nom est depuis des siècles comme gravé en lettres d'or au fond de chaque cœur chrétien.

De tous les villages arabes que je connaisse, c'est sans contredit le plus riant et le plus coquet, avec ses blanches maisonnettes échelonnées sur le flanc d'une colline couverte d'oliviers au feuillage argenté : on dirait un doux nid placé à l'abri des orages ; on le prendrait

presque pour le refuge du bonheur sans mélange
et l'asile de toutes les vertus.

Un peu en dehors de la ville se trouve
un bâtiment, de la partie supérieure duquel
s'échappe par moments un gai carillon : c'est
là qu'était jadis la misérable étable dans laquelle
naquit l'Enfant-Jésus, là que s'élève aujour-
d'hui, en mémoire du joyeux événement, une
modeste église qui est le rendez-vous de tous
les pèlerins.

Mais c'est surtout vue à distance que Bethléem
présente ce cachet tout particulier : de loin, le
petit bourg semble plus gracieux, ses maisons
paraissent plus blanches et ses monuments plus
jolis qu'ils ne le sont en réalité; car rien n'est
plus trompeur que ce merveilleux soleil d'Orient
qui illumine de ses perfides rayons tous les
objets de la terre, de la mer et des cieux, et
qui transforme en véritables petits palais les
masures parfois sordides de ces régions souvent
déshéritées. Grâce à ce mirage enchanteur, la
nature elle-même revêt un air de fête, et l'esprit,

enivré d'une ineffable jouissance, se laisse litté-
ralement emparer par ce ravissant milieu, dont
on voudrait désormais ne plus s'éloigner.

Mon devoir d'historien fidèle me contraignant
à la plus rigoureuse exactitude et s'opposant

ENTRÉE A BETHLÉEM.

à ce que j'embellisse mes peintures pour les
besoins de mon récit, je dirai que les rues de
Bethléem sont d'une malpropreté repoussante,
qui est causée par la rencontre désagréable de
ces innombrables chameaux qui se croisent en
tous sens. Mais si nous ne nous plaignons

que modérément de l'exiguïté de ces étroits
passages qui, en somme, ont l'inappréciable
avantage de nous abriter contre les ardeurs du
soleil, nous conservons, par contre, toutes nos
malédictions pour ces animaux dont la rencontre,
à l'angle de chaque carrefour, ne laisse pas que
de nous gêner et de nous déplaire singulièrement.

Après avoir un instant grommelé contre ces
désagréments inséparables d'une existence aussi
mouvementée que l'est la nôtre depuis tantôt
deux mois, nous nous décidons à diriger nos
pas du côté de la ville : nous nous y sentons
attirés par son bizarre marché d'abord, et
ensuite par la fameuse église qu'elle renferme
dans ses murs.

L'entrée de cet édifice est excessivement
basse; vous avez, du reste, pu constater que
c'est la mode en Palestine, et pour la franchir,
on est tenu de se courber.

Ce premier pas difficile franchi, on pénètre
dans une vaste basilique, œuvre de l'empereur

Justinien, et qui est actuellement la propriété
exclusive des Grecs. Deux rangées de hautes
colonnes, surmontées de riches chapiteaux,
suivent les parties latérales du majestueux
monument; les murs en sont formés de mosaïques rendues presque imperceptibles par le
temps, et souvent même absolument invisibles :
c'est tout au plus si l'œil exercé d'un connais-
seur peut parvenir à distinguer, au milieu de
cette confusion extrême, des images d'anges et de
saints, et s'il arrive à déchiffrer quelques-unes
des inscriptions illisibles qui s'y trouvent gravées en très grand nombre. Malheureusement,
ces Grecs ont eu l'étrange et malencontreuse
idée de séparer cette église en deux par un
mur, ce qui en masque la vue d'ensemble et
en détruit la grandiose harmonie.

Au delà de cette muraille et au centre même
de l'édifice se dresse un fort bel autel, entièrement orné de ces mille dorures que les
Grecs affectionnent tout particulièrement. A
droite et à gauche en partent deux escaliers,

qui viennent se rencontrer à l'ouverture de
la grotte miraculeuse : une étoile d'argent est
fixée en ces lieux où Jésus vit le jour, et
tout auprès est l'emplacement où les bergers
et les mages attendaient la venue du Sauveur
du monde.

On a conservé à cette grotte sa disposition
première : telle elle était autrefois, telle elle
est encore aujourd'hui; et c'est avec un soin
véritablement jaloux que l'on s'est attaché à
attribuer aux divers objets qu'elle renferme de
nos jours la place qu'ils y occupaient alors.
Seuls, les magnifiques autels qui se rencontrent
en ces lieux, consacrés au culte du Seigneur,
viennent mêler leur splendeur à la simplicité
touchante des monuments du temps passé; et
malgré la lutte que se livrent les différents
peuples religieux, ainsi que je l'ai dit plus
haut, ce sont les Grecs qui l'ont emporté.

Après avoir fait une prière dans cette enceinte
mystérieuse où tout nous parlait de la Divinité,
nous dirigeâmes nos pas du côté de la chapelle

réservée au culte catholique. Fort belle et d'un
style très pur, elle est ornée avec un goût
exquis : de riches tableaux, des peintures d'une
finesse extrême, des vitraux de prix, rien ne
manquait à ce sanctuaire de paix. Mais, malgré son cachet d'originalité, aucun souvenir
particulier ne se rattache à cette petite chapelle.

Dans les souterrains se voient le tombeau de
saint Jérôme et la chambre — ou plutôt la
grotte — dans laquelle il s'enfermait pour tra-
duire les versets de la Bible.

Un franciscain nous fit encore remarquer le
sépulcre des enfants innocents mis à mort par
ordre du sanguinaire roi Hérode, et celui de la
Romaine sainte Paule. Le couvent de l'ordre
auquel appartient le révérend moine qui nous
sert de guide touche à l'église catholique et
est la propriété reconnue de ces religieux.

En outre, plusieurs établissements, tenus
les uns par des sœurs de charité, les autres
par des pères jésuites, se rencontrent encore

à Bethléem, et c'est dans ces maisons qu'on instruit les enfants arabes.

Quittons pour un moment ce village aux poétiques souvenirs, et, suivant le chemin qui longe les conduites d'eau faites par les Hébreux, faisons une halte aux vasques de Salomon. Ces citernes colossales offrent l'aspect de trois grands lacs, situés à la suite les uns des autres et étendant leur nappe liquide au fond d'une riante et fertile vallée.

A la saison des pluies, l'eau qui descend des montagnes environnantes vient se déverser dans ces larges bassins et s'y accumuler, de sorte qu'on n'est pas pris au dépourvu lorsque arrivent les époques de sécheresse. Des canaux souterrains et des conduites à ciel ouvert partent, les uns de Jérusalem, les autres de Bethléem, et viennent aboutir à ces vasques.

Honneur à qui a osé entreprendre un travail aussi ingénieux ! Malheureusement le gouvernement ne s'est pas le moins du monde

préoccupé de l'entretien des conduites qui
servent à la distribution journalière des eaux,
et, par suite de cette négligence, les deux
villes ont souvent à souffrir de la sécheresse,
alors qu'il eût été si facile de remédier au
fur et à mesure à un état de choses vraiment
désastreux, et de faire certaines réparations qui,
entreprises à temps, eussent été peu impor-
tantes. Aussi arrive-t-il qu'une eau si pure et
si difficile à se procurer va se perdre dans
les vallées avoisinantes.

Les sites de cette contrée pittoresque sont
faits pour charmer la vue et la reposer agréablement, et aucun spectacle n'attire davantage
l'attention du voyageur que celui de ces vastes
nappes liquides reflétant l'azur profond d'un
ciel sans nuages et le délicieux aspect de ces
vertes prairies émaillées de fleurs des champs
aux mille couleurs.

Nous sommes à mi-chemin d'Hébron, et
nous continuons notre route vers cette ville
de la Palestine, tout en nous promettant de

passer le plus gaiement possible le séjour d'une semaine que nous devons y faire.

Avant de parvenir au terme de notre course, nous eûmes l'occasion de voir d'anciens tombeaux hébreux remplis d'ossements bien plus récents que les inscriptions qui les recouvrent, car les villageois profitent de ces lieux de sépulture tout préparés pour y ensevelir leurs morts sans avoir à faire aucuns frais.

Ces sépulcres étaient, tous sans exception, creusés dans le roc, et n'offraient extérieurement qu'une petite ouverture. Un *columbarium* s'y trouvait joint également : cette sorte de caveau renferme les urnes funéraires, et on l'appelle ainsi à cause de la similitude des niches pratiquées à cette intention dans la muraille avec celles qu'on destine aux pigeons pour faire leurs nids.

Bref, notre imagination eut si fréquemment l'occasion de se donner libre carrière pendant le cours de ce petit voyage à cheval, que c'est à peine si nous nous aperçûmes de la

longueur du trajet, et que nous parvînmes à
Hébron alors que nous nous en croyions encore
séparés par une grande distance.

Des deux côtés de la route se voyaient de
verts jardins, et plus spécialement d'abondantes
plantations de vignes; partout nous apercevions
les mous représentants de cette nonchalante
population, qui passaient dans ces lieux de
délices le plus grand nombre des heures d'une
existence adonnée à l'oisiveté, tandis que les
enfants, dignes héritiers de leurs parents, pares-
seux comme eux et comme eux fanatiques,
trouvaient le moyen de dégourdir leurs jambes
habituées à une coupable indolence pour courir
après notre voiture et nous assourdir de cris
qui n'avaient rien d'humain. Par bonheur, nous
ne comprenions pas un seul mot des injures et
des propos qu'ils nous adressaient, et ils avaient
beau s'évertuer à débiter tout leur vocabulaire,
nous restions aussi impassibles que s'ils ne se
fussent pas adressés à nous.

Sur le sommet d'une colline s'élève un hos-

pice russe, destiné à ouvrir sa porte aux pèlerins : il a été bâti par l'Archimandrite. Nous
devons à la vérité de dire que nous reçûmes
là une hospitalité vraiment écossaise : de petites
chambres assez bien installées, avec lits, sophas,
lavabos, tables et chaises, furent mises à notre
disposition. Certes nous n'aurions jamais cru
pouvoir trouver en cet endroit un pareil confort.
Un immense jardin entoure cette demeure
patriarcale, sur les murs de laquelle serpente
une vigne pleine de vigueur.

Notre première visite fut pour le chêne
d'Abraham, car nous n'avions garde d'oublier,
au sein de cette Capoue orientale, le but de
notre excursion, et nous ne voulions perdre
aucune occasion de nous instruire et de nous
distraire en même temps. D'après la légende,
ce fut sous cet arbre que le vénérable père
d'Isaac éleva sa tente pour la première fois.
L'arbre paraît bien vieux, son aspect extérieur
indique un âge respectable; mais six mille
ans!... cela nous semble un peu exagéré.

Après tout, pourquoi ne pas nous incliner?
Ne sommes-nous pas entourés de personnes
qui croient à cette légende? Qu'Abraham y ait
campé ou non, nous ne nous sommes pas
moins installés bien des fois sous le frais
ombrage de ce chêne séculaire, et il nous a
même été donné de passer de délicieuses heures
dans cet Éden ravissant. De temps en temps,
pour nous rafraîchir, nous allions cueillir les
grappes dorées d'un raisin succulent, puis nous
reprenions le cours de nos rêveries en face de
la nature embaumée.

Dans ce vaste parc se trouvaient aussi d'anciens tombeaux, vers lesquels nous aimions à
laisser s'égarer nos pas. Un jour que nous
avions poussé notre exploration un peu plus
loin que d'habitude, je me trouvai un instant
séparée de mes compagnons. Un tombeau que je
n'avais pas encore vu se cachait en cet endroit;
afin de surprendre mes retardataires, j'entrai à
reculons dans le lugubre séjour, et quel ne
fut pas mon effroi lorsqu'en me retournant

j'aperçus une tête de mort qui semblait me
regarder. Ce spectacle ayant toujours été fort
peu de mon goût, je repris en courant le sentier
dont je m'étais un instant écartée.

Tout à fait au haut de la colline, on a élevé
une tour à deux étages, du sommet de laquelle
la vue est réellement admirable. La riche contrée
qui s'étend au loin est si fertile, si verte, si
accidentée! Si étincelant est ce soleil qui se
couche dans la Méditerranée, inondant de ses
feux l'horizon brumeux! Et lorsque l'astre du
jour se dégageait majestueux des sombres montagnes de Moab, le merveilleux spectacle qui
frappait nos yeux était unique! Chaque fois,
cependant, il était nouveau; chaque fois ses
couleurs éclatantes nous enchantaient davantage!

A l'aube, aussi bien qu'au crépuscule, nous
ne manquions pas de nous rendre à ce poste
de prédilection, nous attachant à ne pas perdre
une seule des beautés qui frappaient alors nos
regards éblouis. Un matin, après avoir assisté
à un resplendissant lever de soleil, nous nous

acheminâmes vers la vallée des Noyers. Le
flanc des diverses montagnes entre lesquelles
cette dernière se trouve encaissée regorge de
merveilleux tombeaux. La luxuriante végétation
qui s'y rencontre est des plus variées, car elle
est protégée par la montagne contre les vents
qui soufflent de l'Est. On y voit ainsi pousser
des palmiers à large envergure, des noyers à
l'ombre touffue et des vignes d'une vigueur
sans pareille. Sur la route, nous pûmes remarquer plusieurs de ces pressoirs primitifs creusés
dans la pierre, qui servaient jadis à faire le
vin. Et, dans tous les points de cette bienheu-
reuse vallée, l'air était d'une pureté et d'une
douceur dont il est difficile de se faire une
idée exacte!

Un autre jour nous pénétrâmes dans la
ville, qui est presque complètement dépeuplée
en ce moment, car le plus grand nombre des
habitants est allé se réfugier à la campagne.

Nous eûmes le regret de ne pouvoir visiter
la principale mosquée, qui ne s'ouvre à aucun

9

chrétien; nous aurions, en effet, été curieux
d'étudier dans tous leurs détails les intéressants
tombeaux d'Abraham, de Sarah, d'Isaac, de
Rébecca et d'Abner; nous dûmes donc nous
résigner, et tout ce qu'il nous fut donné d'admirer se borna à quelques murailles fort anciennes.

Cette petite cité est assez pittoresque; elle
est même plus propre et plus jolie que ne
le sont en général les villes de la Palestine;
mais à part le bazar et quelques belles fontaines, rien de bien particulier n'est à citer
dans cette paisible contrée.

Ce séjour à Hébron fut un de ceux qui nous
laissèrent les plus agréables souvenirs durant ce
voyage où pourtant nous marchions de merveilles
en merveilles, car tout ce que nous pouvions
désirer se trouvait réuni dans le même lieu.
Ces huit jours ne s'effaceront jamais de mon
esprit; tant que je vivrai j'en conserverai la
mémoire, et j'ai la certitude que bien souvent,
dans l'avenir, mes pensées se reporteront aux

sites enchanteurs que j'ai pu contempler dans des jours heureux.

A bientôt, ma chère Cécile. En attendant le moment de nous revoir, je vous embrasse comme je vous aime, c'est-à-dire de tout mon cœur.

Votre sincère amie,

SALMÉ.

LE JOURDAIN.

VIII

Jérusalem, *jeudi 15 novembre.*

Ma chère Cécile,

C'est à Jéricho que je veux aujourd'hui vous prier de me suivre. Jusqu'ici je vous ai toujours trouvée de bonne composition chaque fois qu'il s'est agi de voyager... de tête avec moi; je compte donc sur votre énergie bien connue pour ne pas reculer au dernier moment, d'autant que ce n'est pas le moins curieux que j'ai réservé pour la fin... Suivez-moi donc attentivement; je commence.

De grand matin, nos chevaux, tout harnachés, piaffaient aux portes de nos demeures, et je n'arrivais qu'avec bien de la peine à modérer

le vif désir que j'avais de sauter sur le dos de ma
belle et bonne jument arabe. Mon impatience
fut de courte durée, car bientôt fut donné le
signal du départ.

En tête de notre petite caravane, un chef de
Bédouins, dont le rôle consistait à nous protéger
pendant la route, caracolait sur son pur-sang.
Chacun de nous était radieux; aucune tache ne
venait ternir l'azur du ciel, l'air était calme et
pur, en un mot les divers éléments s'accordaient
pour nous faire voir tout en rose.

Pendant longtemps nous longeâmes les murs
de la ville; bientôt après, nous nous engagions
dans la vallée de Josaphat; puis, à partir de
Béthanie, le chemin devint accidenté, et il nous
fallut tour à tour escalader et descendre plusieurs
collines. Malgré l'excessive élévation de la température et le peu d'attrait qu'offrait en ce point le
paysage, notre bonne humeur n'en persista pas
moins, en dépit de ces inconvénients de peu
d'importance.

Pour vous donner une idée de notre égalité de

caractère, sachez qu'il ne nous fallut pas moins
de sept heures pour arriver à Jéricho; eh bien!
pendant ces sept heures, pas un seul instant
notre joyeux entrain ne se démentit. Et Dieu

JÉRICHO.

sait pourtant si nos pauvres jambes étaient
endolories par cette longue traite à cheval! Mais
à quoi nous eût servi de nous plaindre? Des
jérémiades eussent-elles mis fin à nos fatigues?
Non, n'est-ce pas? Du reste, la vue de l'empla-

cement sur lequel s'éleva jadis la ville de Jéricho
suffit à nous faire oublier tous les désagréments
de notre interminable course, et c'est le cœur
content que nous nous installâmes dans ces lieux.

Hélas! que restait-il de cette vieille cité
autrefois si célèbre? Qu'étaient devenus ses
riches palais de marbre? Où étaient maintenant
ses merveilleux jardins de roses et ses gigantesques palmiers, au milieu desquels la reine de
Saba aimait à s'égarer avec une sorte de prédilection?

Rien, plus rien ne subsiste de ce brillant passé!
et seuls quelques rares vestiges rongés par le
temps tiennent aujourd'hui la place de ce qui
fut alors Jéricho! Aujourd'hui les palais étincelants de dorures, les superbes colonnes de
porphyre d'autrefois, ont été remplacés par
quelques misérables masures, et la puissante cité
n'est plus qu'un pauvre petit village bédouin
dépourvu de toute végétation.

Triste retour des choses d'ici-bas! Tout passe
sur cette terre. Et pourtant, les habitants de ces

parages déshérités conservent encore quelque
chose de la fierté de leurs aïeux : portant haut
la tête et se drapant dans leur dignité, ils
marchent l'orgueil au front, absolument comme
si toutes les richesses du monde étaient à eux.

Le soir, nous respirions l'air pur et embaumé
sur la terrasse de la maison qui nous abritait,
tandis que nos regards se portaient là-bas, au
delà de l'immense vallée, sur les hautes montagnes de Judée et de Moab, et plus loin encore,
à l'horizon, sur la ligne argentée de la mer Morte,
qui s'étendait muette et calme au pied de ces
monts majestueux. Une ligne verte, décrivant de
capricieux méandres, nous indiquait le cours du
Jourdain aux rives fertiles. Et, illuminant cette
scène grandiose, le soleil couchant embrasait
de ses derniers rayons ces contrées silencieuses
qui avaient été le théâtre d'un passé glorieux.

Quand l'astre du jour eut sombré dans les
flots bleus de la mer Morte, les diverses teintes
des objets voisins se fondirent peu à peu, pour
bientôt disparaître comme par enchantement,

Puis la nuit étoilée enveloppa la terre de son voile de veuve, et, perdus dans la contemplation de cette nature si calme, nous nous laissâmes aller insensiblement aux rêveries mélancoliques qui s'emparaient peu à peu de nous.

Le jour suivant, nous fîmes route vers la montagne de la Tentation, qui est extrêmement haute et très abrupte : un tout petit sentier, dont la vue seule produit sur vous les effets du vertige, mène à une grotte qui sert d'habitation aux moines grecs. Ces religieux ont creusé dans la pierre une petite chapelle qui s'élève à l'endroit même où le Christ répondait par ses prières aux tentations de Satan, qui développait à ses yeux la riche vallée étendue à ses pieds.

De là, le coup d'œil est vraiment superbe; et nous ne nous lassions pas d'examiner les grottes étroites dont ces pieux ermites ont fait leurs retraites, et où ils vivent heureux loin des bruits du monde et des plaisirs de la terre. Au pied de cette élévation se trouve la fontaine d'Élisée, dont l'eau claire et limpide sort d'un

rocher : c'est là, d'après la légende, que ce
prophète fut nourri par les oiseaux.

Le troisième jour, nous poussâmes jusqu'à la
mer Morte; mais nous fûmes moins privilégiés
que dans nos excursions précédentes, et, pen-

LA MER MORTE.

dant tout le temps que dura notre promenade,
nous fûmes assaillis par une pluie torrentielle.
A tout instant, force nous était de mettre pied à
terre, car nos chevaux glissaient sur le sol et
couraient risque de tomber. Aussi fut-ce avec

de grandes peines que nous parvînmes au but de notre voyage. Mais enfin nous y arrivâmes!

Bien morte, en effet, est cette mer que nous avions sous les yeux, et aucune autre ne justifie mieux son nom : dans cette onde immobile, au sein de ces flots dont pas un souffle d'air ne vient agiter la surface, pas un poisson, pas un coquillage! Aucun être vivant ne pourrait subsister dans ces eaux lourdes et insalubres! D'après les calculs des savants, la mer Morte est vingt-trois fois plus salée que la Méditerranée : aussi fallait-il voir la grimace que nous fîmes quand nous voulûmes essayer d'en absorber quelques gouttes!

Rien de plus creux, rien qui ressemble plus à un gouffre que ce petit océan perdu au milieu des montagnes! Pour s'en faire une idée, il suffira de savoir qu'il est situé à quatre cents mètres au-dessous du niveau de la mer. Quoi de plus éloquent, je vous le demande, que ces chiffres! Là, on ne trouve que des pierres d'asphalte, des branches d'arbres que le Jourdain lui apporte du mont Liban et qu'elle rejette sur sa rive.

Nous continuons notre route et nous arrivons au Jourdain : c'est dans ses eaux que Notre Seigneur fut baptisé, et, maintenant encore, tous les ans, les pèlerins russes et grecs y viennent ondoyer leurs enfants. Les eaux du fleuves sacré sont rapides et torrentueuses, et il est bon de mettre tous ses soins à rechercher le seul endroit qui permette de le traverser sans danger. Les rives sont couvertes de jolies forêts de tamarins, dont les délicates fleurs roses font un cadre charmant à ce fleuve impétueux.

Mais la pluie continuait toujours, nous pénétrant jusqu'aux os, ce qui du reste n'altérait en rien notre gaieté. Aussi, est-ce semblables à des caniches qui viennent de prendre un bain que nous reprîmes la route du retour, en riant aux éclats de notre mésaventure.

Par bonheur, au milieu du chemin, notre vieil ami le Soleil vint se mettre de la partie;

et ses brûlants rayons se montrèrent juste à
point pour faire disparaître toute trace de cette
baignade forcée ; de sorte qu'en arrivant à
l'hospice de Jéricho, nous étions, comme au
départ, secs et bien portants.

N'ayant pu, la veille, voir du Jourdain tout
ce que nous désirions en admirer, le lendemain
nous étions de nouveau sur ses bords ; mais, cette
fois, nous l'abordâmes par sa rive orientale. Nous
y dressâmes notre tente, et, le temps s'étant mis
tout à fait au beau, nous passâmes là une
journée délicieuse. Nous voulions même nous
plonger dans cette onde pure, mais le courant
ne nous permit pas de satisfaire ce désir.

Pendant tout le temps que nous demeurâmes
en ces lieux, nous vîmes des caravanes et des
troupeaux traverser le Jourdain sous nos yeux,
le fleuve n'étant praticable qu'en cet endroit, et
les observations que nous pûmes faire réussirent
à nous amuser quelques instants : femmes,
enfants, bœufs, chevaux, chèvres et moutons,
tous venaient traverser ce gué, et la plupart

du temps ce n'était pas sans faux pas et sans
de légers accidents que les uns et les autres
parvenaient sur l'autre rive.

Contraste bizarre! la vaste plaine qui s'étendait devant nous n'est fertile que dans les
points arrosés par le fleuve; quant au reste,
il est constitué par des amas de sable et de
sel qui n'ont rien de fort réjouissant à l'œil :
c'est le pays de Gor. Cette aridité, ce morne
silence, cette absence de végétation, complètent
le tableau et s'harmonisent on ne peut mieux
avec les eaux profondes de la mer Morte, les
montagnes désolées qui l'entourent et l'ardent
soleil qui l'éclaire.

Notre retour à Jérusalem était fixé au lendemain matin. Il fallait voir comme nous étions
calmes et courageux sur nos fougueux petits
chevaux, lorsque, lancés au galop, ils fran-
chissaient l'espace qui nous séparait de la
ville. Certes, ma chère amie, si vous nous
aviez vus, c'est à peine si vous auriez pu en
croire vos yeux!

Nous dûmes faire un coude pour voir Émaüs, où les Franciscains ont un cloître très beau et une chapelle. Nous remarquâmes dans leur domaine quelques ruines fort intéressantes, parmi lesquelles une église et la maison de saint Cléophas. Certains murs subsistent encore de l'ancienne ville d'Émaüs.

Mais il nous tardait de rentrer à Jérusalem, dont nous étions partis depuis un certain temps déjà, ne fût-ce que pour y trouver notre correspondance, dont nous étions privés depuis assez longtemps... Nous prîmes, pour revenir, un délicieux chemin bordé d'immortelles rouges, qui nous conduisit devant le tombeau de Samuël.

Là aussi se trouvent les ruines d'une église bâtie par les Croisés : sa situation sur le sommet d'une colline est exceptionnelle, car de ce point le regard ravi domine toute la contrée. Au loin, nous apercevions la sainte cité, avec le mont des Oliviers, ses coupoles, ses minarets et tous ces brillants monuments qui semblaient nous appeler à eux. Nous ne nous fîmes pas prier, et nous

nous hâtâmes d'accéder à cette muette invitation qui, du reste, était entièrement dans nos vues.

Quelques heures plus tard, nous faisions notre entrée triomphale dans Jérusalem, et bientôt après, nous nous reposions dans la maison si confortable et si amie qui avait bien voulu nous ouvrir ses portes.

Je vous laisse maintenant, ma chère Cécile. Cette lettre contient la dernière description de la Terre Sainte que vous recevrez de moi, car, dans quelques jours, il nous faudra dire adieu à ce merveilleux pays, si riche en souvenirs de toutes sortes, si curieux à parcourir, en un mot si admirable sous tous les rapports.

Comme vous le voyez, ma bonne amie, nous n'avons pu, malgré notre ardent désir, pousser jusqu'à la ville de Nazareth : il nous aurait fallu pour cela un temps dont nous ne pouvions disposer; et, pour ce qui était de le faire à la hâte, ce n'était pas possible, car, avant d'arriver au but, nous aurions été morts de fatigue.

Je vous souhaite d'éprouver vous aussi dans l'avenir des jouissances pareilles à celles que j'ai ressenties! Puissiez-vous goûter un jour, comme moi, l'ineffable plaisir que procurent les voyages, et le calme bonheur que l'on ressent lorsqu'à chaque pas il est donné de rencontrer des souvenirs du passé et de revivre pour ainsi dire la vie de nos ancêtres! Puissiez-vous, à votre tour, venir visiter ce sol témoin de tant de mystères, et être aussi heureuse que l'est aujourd'hui

Votre SALMÉ, qui vous aime.

NAPLES.

IX

GÈNES, *lundi 18 février 1889.*

CHÈRE CÉCILE,

C'est de Gênes que je date aujourd'hui ma dernière lettre. Oui, je suis près de vous!... Le temps d'embrasser quelques amis, et je me suis mise sans plus tarder à reprendre avec vous cette causerie qui me fait en quelque sorte revivre les douces heures du passé! Aujourd'hui tout me bouleverse, et, Dieu me pardonne! je crois que si notre voyage se fût prolongé, je me serais parfaitement déshabituée de la vie des grandes villes! Le bruit des voitures dans les rues, le cri des marchands ambulants, tout me surprend, tout m'étonne!... Mais procédons

par ordre, et revenons de quelques jours en
arrière.

Je vous laisse à penser, ma chère amie, avec
quels regrets je m'éloignai de Jérusalem! Ce ne
fut pas sans un bien grand serrement de cœur
que je jetai un dernier regard sur ces dômes
dorés, sur ces ravissantes colonnes qui m'avaient
tant de fois fait rêver pendant mon trop court
séjour en ces lieux enchanteurs!... Bientôt le
dernier édifice de cette cité merveilleuse disparut
à ma vue, et je me renfermai dans mes tristes
pensées.

J'en fus pourtant distraite, quelques moments
après, par le riant spectacle qui s'offrait à mes
yeux; rien de ravissant, en effet, comme la route
qui conduit de Jérusalem à Jaffa, surtout à cette
époque de l'année! Tout autour de nous les
boutons bourgeonnaient dans les haies vives;
les arbres étaient en fleurs, et, aussi loin que se
portaient nos regards charmés, nous n'apercevions sur le flanc des montagnes que cyclamens,
anémones rouges et lis à blanches corolles :

c'était un véritable jardin, et nous ne pouvions nous rassasier de ce spectacle qui nous transportait au pays des rêves.

Jaffa, elle aussi, toute parfumée de senteurs printanières, resplendissait de verdure, et de tous côtés une ceinture d'orangers en fleurs l'entourait. La mer était plus calme qu'au jour de notre arrivée, et il ne nous déplaisait pas de nous embarquer avec ce beau temps.

Oh! avec quelle émotion nous quittions cette Palestine si belle! Avec quelle tristesse nous contemplions une dernière fois ces rivages si riants! Quand nous serait-il donné de parcourir encore ces routes charmantes que nous venions de fouler durant des semaines, je me trompe, durant plusieurs mois, car notre séjour s'était prolongé plus longtemps que nous ne pensions? Quand contemplerions-nous de nouveau ces sites pittoresques, ces poétiques rivières et ces verdoyantes collines qui avaient tant de fois reposé notre vue?

Cette fois, c'était bien fini, et dans quelques

instants nous allions voguer vers cette vieille
terre de France où nous attendaient pourtant
de si vives affections ! Adieu à ces contrées
admirables que nous avons parcourues en tous
sens ! Adieu à ces habitants si hospitaliers qui
nous ont fait partout un accueil des plus chaleu-
reux ! Adieu à ces bons amis que nous ne
pourrons jamais oublier !...

Le souvenir des douces heures, hélas ! trop
tôt évanouies, que j'ai pu passer en Terre Sainte
restera à jamais gravé dans mon cœur, et souvent il m'arrivera, du sein de notre cher pays,
d'envoyer mes pensées vers la contrée hospitalière qui nous accueillit durant de bien
heureux jours ; bien souvent mon esprit franchira
l'espace, pour se souvenir de ces merveilleux
palais, de ces étincelants monuments qui
donnent à la Palestine un cachet qu'on ne
saurait rencontrer nulle part ailleurs !

. . . .

Nous étions en mer !

Le 11 février 1889 — date que je n'oublierai

pas, car ce jour-là mon chagrin fut bien vif —
nous avions mis le pied sur un petit vapeur
anglais qui, en trente-six heures, devait nous
conduire à Alexandrie.

Le temps se maintenait au beau, et, après
une traversée excellente, nous descendions dans
la capitale de la Basse-Égypte. Le jour suivant,
nous nous embarquions sur l'*Enna*, navire
italien qui allait à Gênes. A notre vif désappoin-
tement, les bonnes âmes — il y en a là-bas
comme en France! — nous prédirent une tempête dans toutes les règles. Aussi, afin d'être
préparés aux éventualités qui pouvaient se
produire, nous plongeâmes-nous de suite dans
nos couchettes, excellente précaution contre le
mal de mer.

Je dois dire, du reste, que les obligeantes
personnes qui avaient cherché à nous enlever
nos illusions au sujet du temps qui nous attendait, ne nous avaient pas trompés! En effet,
il n'y avait pas une heure que nous étions en
route, qu'un ouragan furieux se déchaînait. Le

capitaine, pour que son navire souffrît moins —
je crois du moins que c'était là sa plus grande
préoccupation — alla se mettre à l'abri derrière
l'île de Crète; et cette circonstance nous permit
de nous habiller, car personne ne voulut rester
dans sa cabine avec un temps pareil.

Mais avec quelles secousses, grand Dieu! Sans
cesse, nous nous trouvions jetés les uns sur les
autres, et au moment où nous nous apprêtions
à nous asseoir dans un coin du salon, nous
étions projetés dans le coin opposé. Oh! l'affreux
tangage! Quand donc en serons-nous délivrés!
Enfin, tant bien que mal, nous parvînmes à
nous installer sur les sophas! C'était bien curieux,
je vous assure, que la vue de tous ces passagers
allongés sur les coussins les uns à la suite des
autres, et, pour ma part, je n'oublierai pas de
sitôt un spectacle qui empruntait quelque chose
de comique aux événements.

Je suis obligée, et pour cause! de ne pas vous
décrire l'île de Crète. Ce n'est pas que le temps
m'ait manqué. Oh! non, puisque pendant toute

une journée, nous avons évolué au sud de cette terre. Mais la brume épaisse qui nous interceptait complètement la vue des côtes, comme aussi les fureurs d'une mer déchaînée, nous interdisant de rester sur nos jambes, — tous ces inconvénients réunis nous empêchaient de nous livrer au moindre travail et, à plus forte raison, s'opposaient à toute tentative de descente à terre.

Enfin, le temps devint moins mauvais. Nous étions toujours fortement secoués, et ce fut avec vingt-quatre heures de retard que nous arrivâmes à Messine. Le port de cette dernière ville, situé comme il l'est dans le merveilleux détroit, est de toute beauté : les maisons blanches qui bordent le quai viennent se refléter dans la mer qui en baigne le pied, et s'appuient en arrière sur les hautes montagnes qui bornent cet horizon limité. Mais, malgré toutes les facilités qui nous furent offertes pour descendre à terre, nous nous bornâmes à contempler, du haut de notre bateau, ce splendide panorama.

A trois heures de l'après-midi, l'*Enna* était
bondé de passagers : pas une cabine n'était
vide! Quand on leva l'ancre, la mer était assez
belle, et le temps à peu près supportable; mais
à peine avions-nous franchi la fameuse passe
qui sépare Charybde de Scylla, que le navire,
devenu le jouet des flots, recommença à bondir
de plus belle sur cette mer irritée. Pendant un
moment même, le coup de vent qui était venu
saluer notre sortie du détroit fut tel que notre
capitaine se décida à retourner sur ses pas.

Mais voilà qu'au moment où le vapeur pré-
sentait le flanc à la lame, une énorme trombe
d'eau vint s'abattre sur le pont de l'*Enna,*
balayant tout sur son passage, envahissant le
salon à travers la claire-voie, et inondant les
malheureux passagers, qui ne se tenaient pas
sur leurs gardes et qui accueillirent par un
immense cri d'effroi l'arrivée subite de cette
douche d'un nouveau genre.

Par bonheur, ma bonne étoile m'avait protégée : au moment de cette alerte, bien intempes-

tive, avouez-le, je me trouvais à l'abri derrière
le piano ! En personne peu charitable, je partis
d'un immense éclat de rire, aussitôt réprimé, je
dois le confesser, lorsque je vis l'air piteux de
mes compagnons inondés. Non, jamais vous ne
pourrez vous faire une idée, chère amie, des
mines allongées et des impayables grimaces de
ces malheureux passagers, en constatant le triste
état dans lequel se trouvaient leurs vêtements.
Une dame surtout faisait peine à voir : et c'était
avec raison qu'elle se lamentait lorsqu'elle jetait
les yeux sur son mantelet orné de plumes et
sur son coquet chapeau en velours gris perle.
J'avais donc tort de me moquer, je le reconnais
et je m'en accuse ici devant vous !

Pourtant c'était un spectacle qui prêtait grandement à rire que celui que nous avions sous
les yeux, et rien n'était plus drôle que la désin-
volture avec laquelle nous glissions, moi comme
les autres, sur le plancher tout ruisselant d'eau.
C'était d'un comique achevé ! Aussi, chaque fois
que ce tableau se représente à ma mémoire, je

ne puis retenir la tentation de gaieté qui s'empare de moi.

Quand nous fûmes revenus de l'ébahissement où nous avait plongés cette scène comique, nous remontâmes sur le pont, et, à notre grande surprise, nous revîmes le port de Messine : nous étions de nouveau à notre point de départ. Peu soucieuses de goûter encore aux douceurs de la Méditerranée, et entièrement édifiées sur ce que sont les traversées par mer, plusieurs des victimes de ce coup de mer nous tirèrent leur révérence, préférant aux émotions maritimes la douce quiétude des voyages par terre.

Afin de pouvoir dire que nous avions foulé le sol de l'antique Trinacrie, de cette Sicile au nom si doux, nous nous décidâmes à descendre à terre; mais notre promenade fut de courte durée, car nous ne voulions pas manquer le départ de l'*Enna*, et, d'un autre côté, nous savions que le capitaine voulait profiter de la première heure d'accalmie qui s'offrirait à lui. Quand nous remontâmes à bord, le temps était

redevenu calme; aussi, dans l'après-midi, repre-
nions-nous la mer.

Bientôt après nous passions au milieu des
îles Lipari, et nous laissions sur notre droite

LE STROMBOLI.

l'île Stromboli dont le volcan « fumait sa pipe »,
suivant la pittoresque expression d'un de nos
matelots.

Le lendemain matin, dès la première heure,
nous entrions en rade de Naples, et nous jetions

11

l'ancre devant cette magnifique cité dont le
renom est universel. Pour comble de malheur,
le temps était ce jour-là d'un gris désespérant.
Il serait donc dit que nous nous éloignerions
de ces parages enchanteurs sans pouvoir les
admirer par un de ces beaux soleils dont la
riante Italie partage le privilège avec certaines
régions de l'Espagne!

Par suite de quelle fatalité ce légendaire ciel
bleu se trouvait-il ce jour-là chargé de nuages
noirs? C'était un véritable coup du sort! Tout
désappointés, nous n'en parcourûmes pas moins
ces rues au cachet si différent du caractère des
voies antiques que nous venions de parcourir.

Notre première visite fut pour l'Aquarium,
le plus complet de tous ceux qui existent en
Europe, au dire des voyageurs, et nous en sor-
times ravis; le musée nous reçut ensuite.

Mais il serait trop long de vous décrire par
le menu les innombrables chefs-d'œuvre que
nous rencontrions à chaque pas : je les ai admi-
rés comme ils méritent de l'être, je les ai de

mon mieux classés dans ma mémoire, me réservant de vous en parler en détail lorsque je me retrouverai près de vous. Mais, malgré la richesse des palais qui frappaient ma vue, malgré les mille merveilles qu'il m'était donné de contempler, rien ne pouvait me faire oublier ma chère Palestine!

Le même soir, à quatre heures, nous quittions Naples. O bonheur! cette fois le soleil resplendissait à l'horizon, et c'est du fond du cœur que je lui transmis à travers l'espace tous mes remerciements pour la gracieuseté qu'il voulait bien nous faire après nous avoir boudé tout le jour.

Sous nos yeux éblouis, la reine des villes étincelait de lumière, merveilleusement éclairée par les reflets empourprés du soleil couchant : ses blanches maisons s'étageaient à perte de vue sur le flanc d'une verdoyante colline, tandis qu'à leur pied la mer bleue venait doucement mourir.

Qu'il est beau, ce golfe de Naples! Quelle pureté dans le ciel d'azur qui se reflète dans

ses eaux! Tout ici a un caractère riant et semble
inviter au plaisir; et l'aspect de cette ville frivole
offre un contraste bien curieux avec la sévère
Jérusalem. Devant nous, les voiliers à l'allure
légère glissaient doucement sur les flots, semblables à des oiseaux de mer chassés par l'orage.
Et, dominant ce paysage unique au monde, le
Vésuve semblait menacer le ciel, tandis que de
ses flancs s'échappait une colonne de fumée
noire.

Bientôt, le soleil, qui illuminait ce gracieux
tableau, disparut à nos yeux et se perdit dans
les flots de cette Méditerranée qui nous balançait
mollement. Le crépuscule était admirable, et,
aperçue dans ce demi-jour, la ville de Naples
revêtait un aspect féerique : c'est ainsi qu'elle
restera toujours gravée dans ma mémoire.

J'ai éprouvé le regret de ne pouvoir visiter
Pompéi; mais nous avions hâte de rentrer.

Le lendemain, nous étions à Livourne, et
le jour suivant nous arrivions dans le port de
Gênes : notre traversée était terminée!

Gênes est une ville qui demanderait une autre plume que la mienne pour être décrite comme elle le mérite : aussi me bornerai-je à vous dire que sa rade est ravissante et que ses maisons ont un cachet de coquetterie bien accentué. Mais, ma mère se trouvant fatiguée, pour toute excursion nous nous bornâmes à une visite au Campo-Santo.

. . . . , ...

C'est à Gênes que nous prîmes le chemin de fer qui devait nous transporter jusqu'à Bordeaux; mais, avant de parvenir au terme de notre voyage, nous avions encore à voir quelques points fort intéressants : qu'il me suffise de vous citer la Corniche, que tant de gens considèrent comme l'une des plus belles choses du littoral, et je ne suis certes pas fort éloignée de partager leur opinion. A tout instant, un splendide panorama s'offre à vos yeux : d'un côté, la mer sans horizon; de l'autre, les hautes cimes des Alpes, avec leur manteau de

neiges éternelles; à leur pied une contrée riante
et toujours verte, émaillée de délicieuses villas,
de jardins aux fleurs multicolores; enfin, détail
des plus curieux, partout des arbres vigoureux
venus des pays du Nord et transplantés dans ce
sol vivifiant! C'est comme une vision enchante-
resse que nous apparut cet admirable coin de
terre!

Successivement nous passons devant Saint-
Georges, San-Remo, Menton, Monte-Carlo, Mo-
naco, Nice, Cannes, et, bien qu'il eût partout
le même éclat, le spectacle qui se déroulait sous
nos yeux était toujours nouveau! Nous avions
peine à croire qu'au delà de ces hautes montagnes qui se profilaient à l'horizon, nos chers
compatriotes grelottaient peut-être de froid et
appelaient de tous leurs vœux la venue de la
belle saison. A mesure que nous avancions,
force nous était de nous rendre à l'évidence; à
mesure que nous nous éloignions de ces sites
merveilleux, la fraîcheur se faisait sentir, si bien
qu'à Marseille nous trouvions de la neige.

Nous éprouvâmes, ma mère et moi, le besoin de prendre une journée de repos dans la vieille cité phocéenne. Nous voulions, du reste, faire une visite à Notre-Dame de la Garde.

J'en profiterai pour mettre ma lettre à la poste.

. . . .

P.-S. — A Bordeaux, à notre arrivée, il pleuvait, comme par hasard, et la vue du ciel gris et des rues boueuses me faisait d'autant plus vivement regretter ces contrées éloignées où règne presque toujours un soleil éclatant, et ce printemps éternel qui féconde un sol généreux !

Mais je n'ai pas le droit de me plaindre, car après avoir eu la joie de contempler ce que tant de jeunes filles de mon âge n'ont encore vu qu'en songe, il est bien juste que je vienne retrouver ceux qui m'aiment et que je leur prouve combien je leur suis reconnaissante de la joie qu'ils m'ont procurée.

Cependant, je vous le dis à l'oreille, ma chère Cécile — n'allez pas me trahir au moins ! —

bien beau sera pour moi le jour où je pourrai
voguer de nouveau vers cette terre bénie de la
Palestine; mais, cette fois, ce sera, je l'espère,
pour séjourner plus longtemps dans ces belles
contrées que je n'ai vues qu'en passant.

En attendant que sonne pour moi l'heure de
ce bienheureux voyage, je vais vivre de souvenirs, et ce sera l'un de mes bonheurs les plus
grands de vous y associer, ma chère et bonne
amie.

Certes, je puis le dire, si j'ai eu une joie dans
ma vie, une joie pure et sans mélange, une joie
dépourvue de toute préoccupation, c'est mon
voyage en Palestine qui me l'a procurée. Oh!
oui, j'ai été bien heureuse! Et je me suis livrée
de toute mon âme à cet enivrement de tous les
instants, car je me suis laissé dire que la vie
donnait bien rarement de ces heures de bonheur
parfait.

Je le dis en terminant, ma Cécile, puisse mon
existence à venir me réserver encore une de ces
ivresses sans bornes comme celle qui est venue

embellir mon jeune âge! Puissiez-vous trouver de votre côté, vous que j'aime, autant de bonheur que j'en ai jusqu'ici trouvé dans la vie. Et vous le savez, c'est de tout son cœur que formule ce vœu celle qui est et restera toujours

Votre bien affectionnée,

Salmé MARITZA.

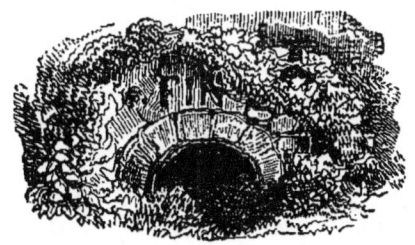

LA VIOLETTE

LA VIOLETTE

Avant d'arrêter ces pages, qui ont quelque chose du parfum exotique des riantes contrées qu'elles ont si bien décrites, que le Lecteur me permette une simple réflexion.

Il est une fleur que chacun aime, et qui de tout temps a orné le palais du riche comme la chaumière du pauvre. Cette fleur, ai-je besoin de la nommer? Non, n'est-ce pas? car tout le monde a reconnu la violette.

Emblème de la modestie, cette ravissante petite fleur grandit à l'abri des regards profanes, et c'est de préférence entre deux brins d'herbe qu'elle aime à se cacher dans le nid qu'elle embaume. Mais elle a beau se plaire dans les ravins ombreux, elle a beau ramper près du sol et se mettre sous la protection des arbres puissants, son parfum si doux la trahit et bientôt la fait découvrir. Un rayon de soleil suffit pour la faire éclore, et, sous la vivifiante caresse de l'astre du jour, on voit alors le bourgeon grossir, se faire fleur, et les pétales violacées s'entr'ouvrir.

Modeste comme cette mignonne fleur, la jeune fille qui a écrit le récit qui précède n'a pas la prétention d'attirer les regards de tous sur son œuvre timide. Non, il lui suffira, pour que son bonheur soit complet, de savoir qu'elle a pu charmer les jeunes personnes qui, comme elle, ont l'esprit plein d'illusions et ne connaissent encore de la vie que son beau côté et le cortège de rêves d'or qui en sont la conséquence.

Je ne vous énumérerai pas ici les qualités
de ma jeune élève et amie. Je lui laisse le
soin de se faire apprécier elle-même, et
ceux qui la liront reconnaîtront vite à quelle
âme tendre et délicate ils ont affaire. Certes,
ceux qui recherchent dans un auteur les qualités transcendantes, ceux-là seront désillu-
sionnés. Mais, je le répète, ce n'est pas pour
ces esprits blasés que Salmé a écrit.

De même qu'il suffit à l'humble fleur des
champs d'un rayon de soleil pour éclore, de
même il a suffi d'une occasion à cette non
moins humble jeune fille pour mettre au
jour les pages que j'ai cru pouvoir prendre
sous mon patronage. Cette occasion, vous
le savez déjà, c'est son voyage en Palestine
qui la lui a fournie.

Un dernier mot.

Ce que ma jeune élève redoute par-dessus
tout, ce sont les natures froides ou insensi-
bles, ce sont les lecteurs indifférents, car

ceux-là ne sauraient la comprendre. Non, elle veut que ceux qui parcourront ces lignes en viennent à aimer leur auteur, trop heureuse si elle réussit à faire naître dans leur esprit le désir de contempler les merveilles que, si gracieusement, elle a fait miroiter à nos yeux.

Du haut de ma petite tour, le 25 juillet 1890.

Aux environs de BORDEAUX.

Cœcilia BERTHAM.

TABLE DES MATIÈRES

TEXTE

GRAVURES

Nous devons à l'obligeance de MM. Hachette et Cᵉ — qui ont bien voulu nous permettre de choisir dans leur magnifique publication : **le Tour du monde,** les illustrations se rapportant à notre ouvrage — les gravures : *Jérusalem, Constantinople, Vue de Smyrne, Alexandrie, Ville de Jaffa, Saint-Sépulcre, Plan de Jérusalem, Femmes arabes, Types juifs, la mosquée d'Omar, Bethléem, le Jourdain, la mer Morte, Naples* et *le Stromboli.*

M. l'abbé Lafargue nous a également permis de reproduire quelques dessins de M. M. de Fonrémis, ayant illustré son ouvrage : *En Terre Sainte.*

Nous adressons à MM. Hachette et Cᵉ et à M. l'abbé Lafargue l'expression de notre gratitude.

www.ingramcontent.com/pod-product-compliance
Lightning Source LLC
Chambersburg PA
CBHW070902030726
47504CB00005B/1435